汤姆·斯威夫特和海底土地掘进机

【英】维克多·阿普尔顿Ⅱ　文
燕锐锋　等图
刘庆双　等译

江西·南昌
江西科学技术出版社

图书在版编目（CIP）数据

汤姆·斯威夫特和海底土地掘进机 / (英) 维克多·阿普尔顿Ⅱ文；燕锐锋等图；刘庆双等译. -- 南昌：江西科学技术出版社, 2018.3（2024.1重印）
（汤姆·斯威夫特丛书）
ISBN 978-7-5390-5883-2

Ⅰ. ①汤… Ⅱ. ①维… ②燕… ③刘… Ⅲ. ①儿童故事–英国–现代 Ⅳ. ①I561.85

中国版本图书馆CIP数据核字(2017)第049486号

国际互联网(Internet)地址：http://www.jxkjcbs.com
选题序号：KX2016073
责任编辑：饶春垚
特约编辑：姚 洋

汤姆·斯威夫特和海底土地掘进机 〔英〕维克多·阿普尔顿Ⅱ 文；
TANGMU SIWEIFUTE HE HAIDI TUDI JUEJINJI 燕锐锋 等图；刘庆双 等译

出版发行 江西科学技术出版社
社址 南昌市蓼洲街2号附1号
邮编：330009 电话：（0791）86623491 86639342（传真）
印刷 三河市嵩川印刷有限公司
经销 各地新华书店
开本 700mm × 1000mm 1/16
字数 114千字
印张 11
版次 2018年3月第1版 2024年1月第2次印刷
书号 ISBN 978-7-5390-5883-2
定价 39.00元

赣版权登字-03-2017-58

前言 QIANYAN

人总是离不开阅读，特别是在现代化信息时代，阅读无疑更是我们难求的一片宁静港湾，让我们有机会去感受、去体悟、去反思、去认证我们的这个世界和未来的世界。

科幻小说是一种起源于近代西方的文学体裁，在尊重科学结论的基础上进行合理设想后形成的文学作品，具备“逻辑自洽”“科学元素”“人文思考”三个要素。科幻小说与一般的传统小说不同，其特殊性在于它与科学技术的发展有着直接的联系，能让读者间接了解到科学原理。但它又是一种文艺创作，它扎根于社会现实，反映社会现实中的矛盾和问题，在科学技术发展的方向上，提供若干有参考价值的预见。有时，某些科学发明尚未出现，科幻小说里则已经进行生动的描绘，如潜水艇、机器人和宇宙航行等。

著名文学评论家布哈伊·哈桑曾说，科幻小说可能在哲学上是天真的，在道德上是简单的，在美学上是有些主观的，或粗糙的，但就它最好的方面而言，它似乎触及了人类集体梦想的神经中枢，解放出我们人类这具机器中深藏的某些幻想。

阅读科幻小说至少让我们有如下的感受：

一、文学的轻松愉悦

科幻小说的主题非常明显，它会涉及“未来”和“未知”、“科学”和“规律”、“生命”和“文明”、“生存”和“冒险”等等，每一本科幻小说都是一个全新的世界，每一次阅读都是一段全新、充满惊喜的精神旅程。

二、科学与严谨的想象

爱因斯坦说过，想象力比知识更重要，因为知识是有限的，而想象力概括着世界上的一切，推动着进步，并且是知识进化的源泉。通过阅读科幻小说，感悟其中的想象力，在人文、哲理的思索上，在思想道德意识的增强上所起到的作用是潜移默化的、是发散性的，其威力是不可估量的。

三、引发科学与理性的思考

科幻小说中的“科学方法”是一种有系统地寻求知识的程序，涉及“问题的认知与表述”“观察与实验搜集证据”“假说的构成与测试”。简单地说就是一个科学理论要经过观察、解释、预测、确认、评估、发表的程序，才能从一个假设发展成原理。科幻小说的“理性思考”就是遵从客观规律、进行逻辑分析的思考方式。

《汤姆·斯威夫特》系列曾是国外流行的科普小说，书中很多的科幻内容今天都已经变成了现实，它曾影响了几代读者，它伴随了很多人的成长。现以中文出版此书，相信书中的情节与科学，也会给中国读者带来同样的快乐体验。

目录 MULU

第一章 潜艇的踪迹

“电话！这都后半夜了！”巴德·巴克利喘着气说完，揉揉眼睛驱走睡意，看了一眼腕上的夜光表指针，“汤姆，也许是太空消息接通了！”

又一阵尖锐的铃声响起时，汤姆·斯威夫特已经从床上跳起来，铃声穿透了屋里的黑暗，他的私人实验室就在旁边。

年轻的发明家心跳加速，他打开灯，一把抓起电话。友好的外星人曾通知斯威夫特家随时准备接收紧急消息。真的是太空通信站传来消息了吗?

“你好，我是小汤姆·斯威夫特。”

“机长，不好了！”打电话的是哈伦·艾姆斯，斯威夫特企业集团的安保部主管，“我们的一艘潜艇不见了！”

这个坏消息让汤姆深感不安，脑子里有关太空来信的想法消失得无影无踪。“是哪艘？”他问。

“猎鱼者号。”

“猎鱼者号”是斯威夫特家海底探测艇舰队里的最新款的

喷气式潜艇。

汤姆发明了供两人乘坐的小型喷气式潜艇，并在“猎鱼者号”的设计中加入了大量的先进元素，它的船体是最轻巧也最结实的，能承受深海的巨大冲击力。汤姆在担心是否是他的设计出了致命问题。

“哈伦，把详细情况告诉我。”

“‘猎鱼者号’是下午离开费林岛的。”艾姆斯回道，“它本应在晚上八点向基地发回返程路线的报告，但我们没收到任何消息，费林岛跟它联系，它也没有回复。现在‘猎鱼者号’已经失踪四个多小时了。”

汤姆在脑海里搜寻出一线希望。“也许是它的无线电出故障了。”他推测道，“不过我同意，情况看起来不妙。”

“费林岛方面第一时间通知我，以防有人蓄意破坏。”艾姆斯继续说道，“我告诉他们会立即通知你，机长。”

“做得很好，哈伦。顺便问一下，你怀疑‘猎鱼者号’失踪的背后是安全系统出问题的理由是什么？”

“暂时没什么理由。”安保部长回答，“不过我会立刻起飞前往费林岛进行全方位的搜查。”

“你是从家里打来的？”汤姆问。

“是的，打完电话我就动身。”

“好的，那我们在机场会合吧！”

汤姆把这个令人担忧的消息向巴德复述了一遍。

“你一直期待的那个外星人的来信呢？”巴德问。这个年轻的飞行员兼宇航员满头黑发、体格健硕。

汤姆忧心忡忡地耸了耸肩。他留着小平头，是个又高又瘦的年轻人。汤姆想：“我不想错过它，但‘猎鱼者号’里的人可能会有危险。我要给爸爸打个电话，让他随时留意太空来的消息。”

有一段时间，斯威夫特家一直和来自太阳系某处的一个未知形貌的智慧生命进行无线电联系。有一天早上，汤姆接到了太空友人的信号，提醒他会有紧急通知。为了能及时收到讯息，这两个18岁的小伙子就在集团熬了一整晚。

汤姆一穿好衣服就拨通家里的电话，接电话的是他爸爸。

“儿子，太空信息收到了吗？”他急切地问道。

“还没，爸爸。我打电话是要告诉你‘猎鱼者号’失踪了！”汤姆把潜艇失联的情况告诉他，然后补充道，“我和巴德要马上飞去费林岛，在海洋猎犬上展开调查。”

“好主意！‘猎鱼者号’已经失踪了四个小时了，我们不能再等了。”斯威夫特先生的声音充满担忧，“同时，我会开车去集团等候我们太空朋友的消息。”

“谢谢你，爸爸。你到达之前要是有什么事情发生，可以通知太空通信站，那儿有操作员值夜班。”

汤姆和巴德匆匆出门。他们开了一辆吉普，飞速穿过高墙围建、面积64平方千米的实验基地。探照灯朦胧的光扫过覆盖着玻璃层的实验室和车间。空中隐约可见细长的钢制天线桅杆，上面辐射着红色预警信号。

汤姆在集团机场的一个机库旁边刹车停住。很快，艾姆斯也到了，一行三人乘坐“旋转小鸭”离开，“旋转小鸭”是汤姆发明的一架喷气式直升机。

“你们有什么计划？”安保部长问道。他们正向东飞往大西洋海岸。

“我和巴德会用水下探测器试着探查‘猎鱼者号’的踪迹。”汤姆回答。他用这个装置解开过一艘沉船的谜团。这艘船满载宝藏，曾被洗劫一空，最终沉没在大海深处。这个追踪器能侦查和识别船艇或其他物体在水中释放的微量化学物质。

“旋转小鸭”快要到达海岸的时候，汤姆减慢速度，开始缓缓下降。在离岸几千米，费林岛进入视野的时候，他延长了“小鸭”的螺旋桨。

闪光！一道炫目的白光突然照亮夜空。机舱里的汤姆和他的同伴都赶紧伸手护在眼前，遮挡刺目的强光。

“见鬼！刚才怎么回事？”巴德倒抽一口气说。

“我记得听过地面的一个报告。”艾姆斯说，“它一定是岸上的一台迫击炮点燃的。”

汤姆在亮如白昼的强光里眨了眨眼睛，把飞机升到光亮来源的上方。等到火光燃烧完，巴德从机舱里伸出一个船钩，捞上来一顶绿色的小降落伞。

汤姆驾驶“小鸭”朝海岸俯冲下去，想找到那台迫击炮或发射强光的人。但是很明显，那个炮手已经逃逸或被接应走了。此时，费林塔不停地向“小鸭”发来无线电报询问情况。

“没有任何损坏。”汤姆回复，“我们从光源处找到一顶降落伞，打算拿回去检验，此外没有别的线索。”

费林岛位于大西洋，是一块布满沙滩和草甸的狭长地带，已被改建成斯威夫特家的火箭和海底基地。它上面有无人驾驶飞机、雷达和声呐浮标等先进军用设施，守卫森严。汤姆请示了着陆指令，在岛上机场降落。

哈伦·艾姆斯向赶来的基地安保员下达紧急命令，接着汤姆和巴德开了一辆吉普朝海洋直升机库呼啸而去。

“海洋猎犬”是汤姆最新发明的一款流线型潜水直升机，正停在机场等待起飞。这款突破性的水下飞行器有一个全封闭的原子能螺旋桨，能为它提供飞行和水下航行的动力。一行三人已经按照集团的无线电指令全部登机。

汤姆迅速进入驾驶舱坐好，巴德坐到他旁边的靠背座椅里。“海洋猎犬”从机场起飞，循着弧线降落在潜艇泊位远处那浪花翻滚的海面上。

“你知道‘猎鱼者号’的预期路线吗？”巴德问。

“不确定。”汤姆回答，“它还处在试用阶段，梅尔·弗拉格勒是指挥。他下达的指令是沿着大陆架向南航行，搜集海洋数据。”

他一边说，一边向后拉动旋转把手，翻转旋转器，然后慢慢向前推动滚轮舵轮，“海洋猎犬”一下子没入海里。

直升机刚沉到水里，汤姆就打开自动追踪器。读取器显示屏上的灯光也立马亮起来，指示出“斯威夫特”——用于潜水艇反应器里的一种放射性同位素的踪迹。其他“猎鱼者号”特有的化学微粒也被显示出来。

“好了，有线索了。”汤姆说。他调好追踪器搜寻潜艇的行迹，然后打开自动驾驶仪。

当流线型飞船选定路线提速前进时，两个男孩只能靠在座位上观察外面穿来穿去的鱼群和其他海洋生物，它们暴露在探照灯光束里。“海洋猎犬”沿着海洋底部越来越深的斜坡航行，然后转弯向南，顺着大陆架的陡坡前进。

大约过了两个小时，“海洋猎犬”突然改变跟踪“猎鱼者号”的路线。令人费解的是这条航线竟朝着返回海岸的西北方向行进。

“什么情况？”巴德用迷惑的目光瞥了驾驶员一眼，问道。

“不知道。”汤姆皱起眉头耸耸肩。

“也许它遇到了麻烦，打算返回基地。”

“这个路线不会把我们带回费林岛，而是要沿着海岸向南行80千米或90千米。”汤姆摇摇头，望着航行图沉思起来。

快靠近陆地的时候，汤姆谨慎地放缓了“海洋猎犬”的速度，读取器的灯光显示出更为清晰的新的斯威夫特元素痕迹。

“它应该在这里停过一会儿。”汤姆分析道，“现在我们得赶紧追上去。我说，不能超过一个小时。”

“海洋猎犬”又改变了路线，这次是直接朝海洋进发。汤姆加快速度，不一会儿，声呐员就大叫着说视野里出现了一个光点。

“那一定是‘猎鱼者号’。”汤姆简短地说道。

时间一分一秒地过去，突然巴德发出一声急切地喊叫：“它在那！”

“猎鱼者号”不偏不倚地出现在正前方，它正在海里滑行。汤姆用声呐手机向它发出无线信号，却没收到任何回复。“海洋猎犬”里的船员们都围在驾驶员窗前，凝望着那艘安静得可怕的飞船。

“那些家伙出什么事了？机长。”其中一人不安地小声问道，“他们为什么不回复？”

“真希望我能知道。”汤姆的声音冷冷的。

当他们追上“猎鱼者号”，飞快地与其平行后，都一个个惊愕地睁大了眼睛。在前面的透明隔间里，能看到有两个人一动不动地躺在地板上。

“那个是梅尔！”巴德叫起来，“他们在海里发生了什么。”

汤姆也在问自己同样的问题。莫非是潜水艇遭遇了什么突发事故？难道是“猎鱼者号”的供氧装置或是散热器出了故障？或者是他们的船被不明身份的敌人袭击？

“看来我得上去查看一下。”汤姆放慢“海洋猎犬”。

“慢着！”巴德拉住同伴的胳膊，“不管是谁或是什么害梅尔他们昏迷，都有可能还在那里！”

“这正是我要抓住的时机！”汤姆说着从座位上起身。

“好吧，那我们一起去。”

汤姆把控制器交给一个驾驶员，然后他和巴德穿上电子水解装备，下到“海洋猎犬”的气闸处，出了机舱。他们紧绷着神经，在水里朝着潜水艇直线前进。两个人都被一股莫名的恐惧紧紧抓着，“猎鱼者号”上有什么未知的危险在等着他们吗？

第二章 神秘的空中哨兵

两个身着黑色制服的潜水员到达潜艇的时候，“海洋猎犬”里的船员都屏住了呼吸。巴德抓住它的流线型帆，汤姆撬开了舱口的装置。

两人挨个进入“猎鱼者号”的气闸处，然后沿着钢筋梯子下到主机舱里。四个船员都横躺在地板上。

“天哪！全军覆没！”巴德扯下他的面罩。

“希望他们还活着！”汤姆低语着。

他们开始查看这些受害者的情况，检查了每个人的脉搏。所有人看起来都没什么大碍，只是昏迷不醒。

“吁！总算松了口气！”巴德说。

“但愿能查出他们昏迷的原因！”汤姆直起身，向舱壁上的一个仪表盘走去。“这些散热器和空气净化装置显示，这里的环境一切正常。”他若有所思地说道，“巴德，我想不明白。”

“这真难倒我们了，伙计！”

他们用声呐手机向“海洋猎犬”的船员汇报了这里的情况。然后这些男孩们一个接一个地上了潜艇，进入“猎鱼者号”的铺位室。昏迷的人里有的微微地动了动，轻轻翻了翻眼皮，但马上又陷入昏睡。

“看来他们就快要恢复了。”巴德充满希望地说。

汤姆和巴德返回操作间。汤姆把“猎鱼者号”开到潜望镜深度，并用无线电和基地联系。然后他设置好回费林岛的路线，由“海洋猎犬”护送回去。

不久他和巴德就听到从铺位室传来梅尔的声音。不一会儿，这个身材强壮、头发浅棕色的“猎鱼者号”的机长，就摇摇晃晃地迈着步子过来了。当他看到控制室里的两个人时，苍白的面孔满是惊讶。

“嗨，梅尔！”汤姆跟他打招呼，“你确定这样起来没问题吗？”

“当然，我没事。不过我更想知道到底发生了什么。”

巴德咧开嘴回给他一个微笑，说：“我们还指望你能提供些信息呢。”

汤姆大略跟他讲述了一遍自己是如何追踪到“猎鱼者号”，然后发现昏迷的船员的经过。

“我会把我记得的都告诉你。”梅尔开始讲述了，“快到晚上七点的时候，我们的声呐员在他的耳机里收到一个求救信号，于是我们开始向南航行。那个声音听起来像是有人在敲击某种金属，结果是个潜水员。”

“潜水员！”巴德惊讶地重复道。

梅尔点点头：“他在敲他的氧气罐。当我们发现他直直地朝我们游过来时，潜艇正在海下200米的深度航行。我猜他是跟自己的船失散了，而且氧气也快用完了，所以我们就让他上来了。”

“然后呢？”汤姆专注地问道。

“嗯，当时我在控制室，不过船员帮他上船的时候我起来去看了一下。他一穿过气闸就掏出一把类似于手枪的玩意儿对准船员。没等他们夺过来就听到‘呯！呯！呯！呯！’四声枪响，他们倒下了，像保龄球一样。”

“那你和副驾驶员呢？”巴德问。

“我们冲过去拿自卫的武器，但是他跑到前面来，也用那玩意儿指着我们。我记得的就只有这些。”

“他用的应该是一把麻醉枪。”汤姆推测道。

“但他的目的是什么？”巴德问道，十分困惑。

“‘猎鱼者号’可能是目前最先进的潜水艇，仅次于‘海洋猎犬’。”汤姆说，“它上面有很多国外间谍想要收集的技术机密。”

“那为什么他们不把它直接偷走呢？”梅尔问道。

汤姆皱起眉头，说：“那个潜水员和他的老板一定认为那样风险太大，说不定会导致一场战争，而且我们也许能跟着‘猎鱼者号’找到他们国家的港口。而像现在这样，他反而可能窃取了大量重要的技术数据，然后不留痕迹地逃走。”

“但是一个晚上的时间，他能找到多少有用的数据呢？”巴德反问。

“等一下！”梅尔激动地插嘴道，“你们两个都猜那个人已经离开了。他也许还在船上呢？”

“说的对，梅尔。我们不知道，但是我们最好立马把他找出来！”汤姆眯起眼睛。

接着巴德和梅尔急忙开始搜查，而汤姆留下来驾驶潜艇。很快他们就回来了，没有发现任何东西。这时，汤姆突然有种不好的预感。

“梅尔，潜艇的动力模板呢？”

“天哪！我怎么没想到！”梅尔冲到引擎室，回来的时候一脸阴沉，“不见了！”

这时，其他的船员也都陆陆续续醒过来。他们像他们的船长一样，吃惊又困惑。

当他们到达费林岛的时候，天已经亮了。“猎鱼者号”一靠岸，船员们就被送往基地医院。与此同时，汤姆和巴德匆匆赶往岛上总部和其他人会面。

“降落伞强光的事情有什么线索吗？”汤姆问。

安保主任摇摇头。“还没，不过我已经派人去大陆的每个海岸进行排查了。”艾姆斯迷惑地顿了一下，“你认为这件事和‘猎鱼者号’上的事件有什么联系吗？”

“我想就此事打个赌。”汤姆说，“‘猎鱼者号’的行踪显示，在上面的船员晕倒后，它被开到了一个岸边，也许是和某个技术专家组汇合。很显然他们对‘猎鱼者号’进行了全面详细的调查。其间有人在靠近芬伍德的地方放风。”

芬伍德，一个沿岸的小镇，与费林岛隔海相望。

“所以点燃火光的那个人是哨兵？”巴德问。

汤姆点点头：“是的。他们知道用不了几个小时‘猎鱼者号’失踪的消息就会通知给我和父亲，而且他们也能从各大头条知道自动追踪器的事。”

艾姆斯插话进来：“所以在那天晚上的那一个小时里，任何从集团飞往费林岛的飞机都可能是去送情报的。”

“是的，而且那道光足够让任何有望远镜的哨兵看清我的方位。望风的人肯定向潜艇发送了无线信号。然后劫船的人就放它沿着出海路线航行，丢下它逃走。”

“这就都连起来了，太对了！”艾姆斯同意道。

“但是那个潜水员呢？”巴德说，“他是如何设计拦截到‘猎鱼者号’的呢？”

“这个不难。”汤姆说，“这次巡航并没有保密，它上面的船员也有可能在公开场合说过。然后一艘再普通不过的小船就可能一直埋伏在周围，等它一入海就尾随而来。敌人唯一需要的装备大概就是带一台不会被海底电缆绊住的吊放声呐。”

“还得非常平滑灵巧。”巴德愁眉不展。

两个人在基地餐厅吃过早饭后就飞回了实验站。

他们开车从机场出发，到达斯威夫特集团的主楼，在那里，汤姆和他的父亲共享一个宽大的双人办公室。办公室里摆满了各种他们发明的模型。巨大的落地窗让整个工厂尽收眼底。

斯威夫特先生坐在两张一样的现代化办公桌的其中一张后面，他干净整洁、体格健朗，极短的头发，两鬓有些灰白。他极为感兴趣地听着汤姆汇报关于“猎鱼者号”事情的经过。

“如果外国间谍真的查看了它所有先进的深海功能，那可真是太糟糕了！”老科学家评论道。

“糟糕透顶。”汤姆同意道，“虽然我肯定他们无法复制它所有的构造原料，而且单靠设计模板也得不到装备上所有的秘密。”

斯威夫特先生若有所思地点点头，说：“不管怎样，这个消息已经够坏了。还好，‘猎鱼者号’上的船员没事。”

“爸爸，太空信息的事怎么样了？”汤姆问，“有任何消息传过来吗？”

“没，一点消息也没有。我在空间通信站等到第二天早上六点，然后回办公室了。”

汤姆和巴德都被那天晚上的事情折腾得无暇睡觉。他们开着吉普回到汤姆的私人实验室，年轻的发明家曾在那里实验一种新型玻璃。

“这种材料能用来干吗？”巴德问道。此时汤姆把一块厚厚的玻璃放在了一台十分有力的弯扳机里。

“我希望能承受任何强度、任何形式的破坏。”汤姆回答说，“我有个想法，也许有一天整个海底考察艇都会由玻璃建造。”

他按下开关，机器开始慢慢地将玻璃片弯成一个直角。但是当汤姆把机器关掉，那块玻璃又恢复成原来的水平形状，而且没有任何破损。

“哇哦！”巴德尖叫一声，眼睛睁得大大的，“天才啊！如果我不知道是在你的实验室，我真以为我出现幻觉了！”

强大的无线电接收器嗡嗡地响起来，它被斜放在一大堆的电子设备之间。

汤姆急忙打开，然后回复。乔治·迪林的声音从音响里传来，他是斯威夫特通信站的站长。

“机长，你的紧急电话，是太空哨站的肯·霍顿打来的。”

“好的，让他听电话。”汤姆回答。

霍顿是斯威夫特太空站的指挥官，现在运行在距地球35888千米的轨道上。

“汤姆，我们刚刚看到一艘奇怪的宇宙飞船。”霍顿激动地汇报。

“能看出它是哪个国家的吗，肯？”

“不能，我想它也许是外星来的不明飞行物。”

可能是来自外太空的探访者！汤姆和巴德交换了一下震惊的眼神。

“你凭什么这么认为，肯？”汤姆问。

“一个是因为它的构造，看起来就像是飞碟。第二，当我们看到这艘飞船的时候，它正从一个我们的轨道之外的相当远的地方过来，以非常惊人的速度朝地球前行。我们用无线电呼叫驾驶员，但是没有任何回复。”

“把它的路线、速度、幅度和现在的方位告诉我。”汤姆抓起一支笔。

于是肯开始读取天文电脑上的数据。“等等！”他突然说，“它好像要在太平洋上方的某个点进入地球同步轨道。”

汤姆粗略记下这些数据，然后和巴德冲到外面，开着吉普返回主楼。在那里，他们乘电梯上到玻璃圆顶天文台。汤姆迅速调节他的天文显微望远镜，这是一个不限距离和范围的电子望远镜。

很快，一艘不明太空飞船的影像出现在显示屏上。飞船茶碟形状，由一种微微闪光的浅色材料建成，没有任何明显的舷窗或出口。

“我打赌它属于你的太空朋友。”巴德叫道。

汤姆没有回答。他看着似乎静止不动的物体在空中飘浮，一股不安从他心头掠过。

“我可不敢肯定，巴德。”他慢慢地说，“正如我们所知的，它不一定是友好的。它也许是来监视地球的，也许是出于敌意进行勘察。”

第三章 飞碟里的敌人

汤姆通过电话告知父亲有个奇怪的、不明身份的航空器。斯威夫特先生很快赶来天文台，他在显微镜屏幕上观察这艘飞船，眉头越皱越紧。

“这艘飞船的外壳像是用建造太空方舟的金属制成，尽管是深蓝色的。”斯威夫特先生评论道。

太空方舟是友好的外星人曾在某些场合用过的一种可以远程控制的宇宙飞船。

“它发着与太空方舟一样的柔亮光泽。”汤姆赞同道。

“那我们还等什么？”巴德激动地催促道，“我们乘‘挑战者号’赶紧去追啊！说不定还能登上他们的飞船呢！”

汤姆也恨不得赶紧去，可是谨慎小心的性格制止了他的冲动：“我觉着我们还是耐心等等为好，等有了太空朋友的消息再说。爸爸，你认为呢？”

“是的，我同意你的做法，儿子。这艘飞行器也许与他们的信息延误有关。”斯威夫特先生点点头。

巴德观察了一会儿神秘的太空飞船后，他该向机场汇报他在集团的定期试飞任务了。“你吃午饭吗？汤姆。”他离开前问。

“当然，飞行员！中午实验室见！”

汤姆·斯威夫特留在天文台继续观察那艘飞船，整个上午，它都在太平洋上空的轨道徘徊。

快到中午十二点的时候，汤姆接到里奥·波尔弗里博士打来的电话。他是一名来自政府的科学家。波尔弗里博士说，他通过A国的卫星探测系统发现了这个不明飞行器，也收到了斯威夫特太空哨站的无线广播。

“政府对这艘飞船非常重视，汤姆。”他继续道，“目前没有办法分辨他是敌是友，最好能对它有更多的了解。我们在天文学和科学领域中选出少数人成立了一个研究小组，我希望你们能允许他们用你的百万巨视太空探测器观察这艘飞船。”

汤姆很快跟他父亲商量了一下，然后说：“好的，波尔弗里博士，我们非常欢迎他们。只要他们通过安全调查，监测器随他们支配。”

波尔弗里博士谢过汤姆，然后补充道：“这件事被定为紧急事件，所以我会安排他们尽快飞来肖普顿，越快越好。事实上，一定要在今晚之前。”

午饭时间，汤姆穿过广场，漫步回他的私人实验室。关于神秘飞船的消息已经散播开来，雇员们都三五成群地聚在一起热烈议论着。

一个车间工程师看见汤姆，大声喊道：“机长，那艘蓝色飞船有什么最新消息吗？”

“它还在那儿飞着呢，杰科。我能肯定它绝不是地球人制造的，别的我跟你知道的一样多。”

汤姆继续朝他的实验室走去。在等巴德的时间里，他开始给他新研制的玻璃做扭力测试。

突然，实验室的门被缓缓推开，一个身着宇宙制服的家伙跳了进来。汤姆看到那透明的泡泡头盔里是一个长相匪夷所思的脑袋。

那个太空人的脸是蓝色的，还有一个巨大的、黄色仿鸡鹰钩鼻！

“好家伙！这是什么？开玩笑吗？”汤姆惊讶地看着这个奇怪的生物。

太空人关上门，爆发出一阵狂笑，他一边摘掉太空头盔，一边在实验室的一个凳子上坐下来。

汤姆突然一个激灵。他抓起工作台上的一条湿毛巾在太空人的脸上使劲地擦。蓝色涂料和黄色化妆粉凝成的小颗粒从毛巾上脱落下来。

“看在上帝的面上！巴德！”汤姆大吼，“你要干什么！”

“吓唬吓唬乔！”巴德承认道。乔是集团里斯威夫特家的私人厨师，“我装成外星敌人的样子，刚一落地，就把乔的魂儿都吓飞了！噢噢！他竟然追过来了！”

重重的脚步声从走廊传来，响亮的声音咆哮着，威胁着所有想加害于他的入侵者。声音的主人是乔·温克勒，一个矮胖的前炊事车大厨。不一会儿，他就握紧骨节突出的拳头砰砰砰敲门，然后更大声地咚咚咚捶门。

“我看到你来这儿了，你这个鸡嘴鹰钩鼻的鸟人！”大厨狂吼着，“开门！胆小鬼！不然我就砸门进去把你揪出来！”

他又开始不停地捣门。

“那个，你不出来吗？好吧，你这个超级无敌宇宙响尾导弹，这是你自找的！我可怜的技术高手！那我可撞门进去了！”

“越来越离谱了！”汤姆笑起来。

他大步穿过实验室打开门。这时候，乔已经退后做好起跑姿势，正猛冲过来要用他的胳膊当破城槌把门撞开。汤姆刚把门拉开，乔就猛地摔了进来。只见他手里拿着一只巨大的老牌子熨斗，戴着一个防毒面具。

他没遇到任何阻力，尖叫着越过汤姆和巴德，被一个长凳绊倒，头朝下掉在一个水槽里。汤姆经常用那里的水做一些超声波实验。

巴德笑得上气不接下气，汤姆大喊着：“乔，小心点！”

又矮又胖的厨师挣扎着从水槽里爬出来。他摘下防毒面具，他本打算用它来保护自己，以防太空敌人放出什么毒气。他站在那里，眨着眼睛呆呆地望着他们两个。

“你看，乔，老朋友。”巴德吞吞吐吐地说，“我只是穿上宇航服淡淡地化了个妆。只是开个玩笑，别当真。纯属娱乐。”

“我……我的个电波映像镜啊！”乔结结巴巴地说，“你是说那个鸡脸畜生就是你！”

巴德深表理解地点点头。

“啊，这么说没有太空敌人入侵？”

巴德摇摇头，一边缩回身子，恐怕接下来将有一场大爆发。

不过秃头厨师只是突然笑起来，这让两个人着实松了口气。“我想你们是堂堂正正地开了我一个大玩笑，开了一个老牛仔的玩笑，我咬了钩，你们拉起渔线和坠子。”

巴德给了他一个表示歉意的拥抱，汤姆拍了拍厨师的肩膀，说道：“你真是个好伙伴，老前辈。现在去换一套干衣服，然后给我们送点午饭吧。”

“马上来，老板！”

“多好的一个人！”巴德感叹道。他们望着乔离开，他的高跟牛仔靴在走廊里发出沉重的声音。“你知道吗，他让我觉得羞愧！”

“早该这样了！”汤姆笑着回嘴。

过后，当两个男孩正津津有味地嚼着热气腾腾的牛肉汉堡时，车间负责人送来一个装着电影胶片的铁罐。跟铁罐装在一起的还有一封信，是来自律师事务所的。上面写着：

亲爱的斯威夫特先生：

我们非常希望您能尽快看完这个录像。

我们事务所的一个成员会准时跟您取得联系，就此事件进行更深入的探讨。

您忠实的

塞拉斯 A. 斯普林 · 索普

汤姆又读了一遍信，然后递给巴德看。

“汤姆，这都是什么啊？”

“我可不知道，我问问特伦特小姐知不知道。”汤姆给斯威夫特的秘书打电话。

“这卷录像是几分钟前收到的。”特伦特小姐回答说，“门卫说快递员还因为没能更快地送达道了歉，本来这应该是今天早上最早送来的，但中间出了什么差错。我知道的就这么多。”

“好的，谢谢。”汤姆挂了电话，转向巴德，“我想如果我们想知道得更多，就得把它看完。”

他们一吃完饭就返回汤姆 · 斯威夫特的办公室里。特伦特小姐告诉他们，汤姆的父亲已经去了仿生部。

汤姆把胶卷放入放映机，然后轻按开关，拉上窗帘。他按了下一个按钮，墙上就出现了一个荧光屏。

“灯光！动作！相机！”汤姆一打开放映机巴德就急不可耐地大叫道。

不一会儿，两个人都呼吸急促起来。

第四章 时空舱

屏幕的画面显示这是一组水下拍摄的镜头。里面有一种鱼，长长的针状牙齿从口中探出来。另一个奇怪的、暗黑色的生物从镜头前游过，它的肚子像个足球一样鼓鼓的。它后面尾随了一条巨头鲸，它有一双巨大的乳白色的眼睛，像是头顶的两个前照灯。事实上它没有视力。

“这些都是大洋底端的生物。”

汤姆点点头，自言自语道：“海底的奇怪生物！我好奇这个录像为什么被送到这里。”

这个录像里有各种各样的海洋生物。有些能发出奇怪的、亮亮的荧光，不时就有一些垂直的光束在海水里穿梭。

突然，一道光束顿住，暴露了自己。它是一条长长的、细细的鱼，像银色的长矛。它在镜头前停了几秒，然后转身向下游去了。

汤姆认出它来。

录像播完后，汤姆关掉放映机，打开窗帘。他在倒带的时候，电话声响起来。

“我来接！”巴德从舒适的皮椅上跳起来，晃了下台式对讲机的手柄，“你好！”

特伦特小姐用汤姆也能听到的声音说：“有一位奥蒂斯先生在门口请求跟汤姆见面。他是斯普林·索普和魁尔白的律师。”

巴德看看年轻的发明家，汤姆示意可以。“汤姆说请他进来。”

几分钟后，一个大约30岁、穿戴整齐的高个子男人被引进办公室来。“我是杰森·奥狄斯。”他说，“是我从事务所过来把那个胶卷交给您的。”

汤姆跟他握手，然后介绍了他自己和巴德，并且邀奥蒂斯先生坐下谈话。

“我想你应该已经看过那个录像了。”那个律师开口道。

“是的。”汤姆说，“而且我非常想知道你为什么送那个东西给我。”

奥蒂斯看起来有点尴尬。“我不喜欢藏着掖着，斯威夫特先生。”他说，“但这是个牵涉到我一个顾客隐私的法律机密。不过，斯普林·索普和魁尔白会就您在这些画面上的专业见解支付丰厚报酬。”

“我觉得我还是理解不了。”汤姆皱起眉头。

奥蒂斯说道：“制作这个录像的人，声称这些深海鱼类已经被带回地面，并且养在一个特殊的池塘里供科学研究使用。作为一名深海专家，您曾多次潜到过海底，您认为他这种说法是真实的吗？”

汤姆想了几分钟：“这真是个难题，奥蒂斯先生。画面里的生物肯定是深海鱼类。但是我看不出来它们是被圈养在所谓的水槽里。也就是说，我持怀疑态度。我认为，这个录像是被某种深海潜水器拍到的，也有可能是一个深海电视探头。”

杰森·奥狄斯向前倾身专心地听着说：“你的说法有什么证据么？”

“我试试。我们再回放一遍录像。”汤姆回答。

他拉上窗帘，弄暗屋子，打开放映机。不一会儿，他指着从相机前掠过去的一团微小的甲壳类生物。“看到这种浮游生物是怎样移动的吗？它们是被一种快速的水流带动着，而这种水流只有在特别深的海底才能遇到。”

“你怎么知道那台相机不是自己在动呢？”奥蒂斯反问道。

汤姆指着银色的深海鱼类，它们直直上升，突然冻住，一动不动，然后又跳起来。“我们就是从这一幕看出这个镜头是静止的。”

几分钟后，缓缓而来一个细长的像鳗一样的生物，它的尾巴如鞭子一般甩着。“又来了个异特龙。”汤姆补充道，“我经常能看到它们只有在强大的水流里才会那样一动不动地悬停。”

“是那样的。”巴德说，“它们把头伸进水流里，然后像那样摇摆尾巴，是为了不被水流冲走。”

汤姆又举出其他证据来证明这些鱼并不是被圈养的。他关掉放映机，拉开窗帘后，看到奥蒂斯的脸上露出满意的笑容。

“您已经说服我了，斯威夫特先生。”律师说，“请您开个价吧。”

汤姆轻轻地笑了笑，说：“别提报酬了，我可没有看电影管别人要钱的习惯。”

奥蒂斯站起来，说：“不管怎样，我们会往您集团账户汇一笔款的，就当是为海洋学研究做一点小小的贡献吧。”

那个律师走后，巴德问道：“你觉着这是什么情况？”

汤姆耸耸肩。“这对我来说也是个谜，伙计。”

他整个下午都在实验室里测试他的实验玻璃，并且计算了几个稍有差别的公式。

晚点的时候，巴德冲进来，带回消息说，来政府的军用飞机马上要在集团登陆了。

“一定是我们期待的调查组来了。”汤姆说。他把里奥·波尔弗里博士来电的内容告诉巴德。

两个人开着吉普去往机场，在那里，军用飞机上下来四位乘客。汤姆赶过去问候他们。

来访者的其中两个人——国家天文局的赛斯·哈福德和瘦

瘦的一脸严肃的沃尔夫岗·贝母勒博士他们都是天文学家。多普·林斯基教授满头卷曲的白发，是一位著名的天体物理学家。另一个较为年轻的男人埃尔罗·克雷，汤姆曾在火箭发射基地见过他，是一位太空飞船和太空遥测方面的工程专家。

“我马上带你们去天文台，并通知我爸爸你们来了。”汤姆说，“他肯定急着和你们交流。”

一个技术员从附近的机舱出来叫住汤姆。“特伦特小姐刚才打电话了，机长！她要我告诉你，现在，你的太空朋友的消息传来了！”

汤姆和巴德都被这个消息震惊了。

“你们也许该一起看看这个信息。”汤姆跟来访者说，“这个消息或许跟那个飞行的‘碟子’有关。”

四个拜访者都曾听说过外星人的事，也非常感兴趣。在他们开车前往太空通信实验室的途中，汤姆简单地向他们说了下外星朋友的事。

他说太空人第一次向地球发送信号是用一种奇怪的数学符号。这些符号被刻在一个黑色的投射物上面，它准确无误地落在了集团的地面上。

经过艰难的解密，斯威夫特父子终于把那些符号破译出来。很快，他们就用一台可以显示出可视信号的示波器与外来太空的未知发信者建立起无线电联系，所有的编码和译码工作现在都由一台特殊的电子计算机完成。这台电脑也是汤姆的发明。

他和调查小组到来的时候，斯威夫特先生已经在太空通信实验室里了。经过简短的介绍，他带他们来到解码器前。奇怪的符号闪烁在它的示波器屏幕上，而电传打字机的键盘却敲出来译文。

“这个消息真是太奇妙了。”他的声音充满兴奋，“我想你读了以后肯定跟我一样激动。”

汤姆和其他人都急切地开始浏览上面的内容。

上面写着：

太空友人写给斯威夫特父子。我们有个紧急任务需要你们的帮助。很久以前，太空人的祖先曾试图在地球上建立殖民地。他们留在地球上一个有气相磁场数据的密封容器。这对我们的科学家来说具有极为重要的价值。我们已经获得了这个容器在地球上的方位——

下面跟着一串数字，用三角星标出了确切位置。

“哇哦！”巴德脱口低呼，“所以说早就有外星人探访过地球了！”

汤姆的心跳加速。从一些考察得到的线索里，他早就肯定这种殖民攻击曾经发生过。现在终于有证据了！

他继续读：

我们需要你从容器里找到资料，然后用载重火箭发送给我们。确切的轨道后面会发过来。我们会给你丰厚的回报。十分重要！请秘密进行。别的外星人，对我们、对你们来说都是危险的，也在寻找容器。

“难以置信！”贝母勒博士惊呼道，“一个外星人的地球殖民地！这应该是我们这一代最重要的科学新闻了！”

“但是他们说的‘气隙磁场’让我很困惑。”林斯基教授说道，“这个我搞不明白。”

“我也不明白。”斯威夫特先生沉思地说道，“这个数据一定是以我们完全不知道的形式记录下来的。”他看了一眼汤姆，继续补充，“我对那些‘别的太空人’十分好奇，也不知道他们到底有多‘危险’。”

“我也是，爸爸。”汤姆回答说，“这应该能解释那个飞碟的出现了。”

埃尔罗·克雷看起来颇为震惊，说：“你是说它属于那‘别的太空人’？”

“是的。”汤姆说。

斯威夫特不安地皱起眉，说：“也许我们可以问问我们的太空朋友，说不定能有发现。”

汤姆打开用来编码和传送的计算机，然后把疑问发送到无垠的太空。他们静静地等待着回音。

时间一分一秒地过去了，但是通知信息到来的机器警报铃声却一直没有响起来。随着等待的延长，汤姆和他父亲交换了一个担心的眼神。

回信是被敌对的太空生物拦截了吗？或者被他们销毁了？汤姆·斯威夫特的太空朋友怕被偷听到吗？

也许更为糟糕，地球和它未知的邻居再也没有希望互相交流了！

第五章 戴面具的骑兵

“也许容器对你的太空朋友来说也是个谜，汤姆。”巴德说。这时候，这群科学家正在天文台不安地七嘴八舌地议论着。

“这真难以相信，尤其是，如果这个容器真来自外太空。”汤姆很迷惑。

“那个数据容器还是时空舱的，它的具体方位在哪里？”赛斯·哈福德问道。

“我现在立马去查。”汤姆说。他大步穿过屋子，坐到一台小傻瓜电脑前。

对着麦克风输入三角星数据不多久，汤姆就看到了从一个带子里打出来的数据。答案是一组经纬度数据，还有这个点距离地球中心的半径距离。

“那里距海平面应该有几千米。”斯威夫特先生皱眉说道。

汤姆从墙上的挂轴上摘下一幅海图，然后指着这个地理位置，距离南美洲东海岸十分遥远。“它大概在F岛以南241千米远的地方。”

巴德敬畏地吹了声口哨，“那就意味着这个数据容器在太平洋的底部！”

“我想我们必须马上开始行动了，你说呢，爸爸？”汤姆问道。

“是的，的确是这样。”老科学家说道，“但是目前我正忙于国防部门的仿生项目，只怕没有时间。我想这个任务得交付给你了，儿子。”

汤姆钢青色的瞳眸因激动而明亮起来，“这样的话，我想在周一早上出发。你说呢，飞人？”

“当然是越快越好。”巴德声明道。

进行他的计划之前，汤姆和他的父亲还有政府来的科学家们一道去了主楼顶部的天文台。那个蓝色的飞碟仍在轨道上徘徊。

“不可思议！”埃尔罗·克雷低低地惊呼道，他和科学小组正在探测器的显示屏上观察这艘飞船，“它绝对是被一种任何A国宇航家都不知道的力量驱动的。”

他们都一致认为目前不能对这艘飞船采取任何举动，但要严密仔细地监视它。

整个周末，汤姆都在近乎狂热的状态下工作，为这次探险准备供应物资，还为“海洋猎犬”选出一组船员。乔跟平常一样，作为厨师随行。对于组长，年轻的发明家选择了汉森——一个天才巧匠，他经常为汤姆的发明制作样板模型。

周一天刚破晓，整装待发的直升机就从费林岛起飞，消失在天际。在空旷的海面飞行了三个小时候后，一座小岛映入眼帘。

“那是F岛。”汤姆说。

几分钟后，“海洋猎犬”猛地朝波光粼粼的海面冲下来。汤姆向后拉动操纵杆，准备跳跃，然后向前推动滑轮。直升机就像一头海豚一样跃入了蓝绿色的深海里。

很快就有各种色彩斑斓的鱼儿从他们潜艇的窗外游过去。水的颜色渐渐加深，变成紫色，然后是灰色，直到降到35米或更深的地方，他们进入了一片海域，这里漆黑如永夜。

突然，水中听音器里发出一阵巨大的噪声。他们两个从探照灯黄色的光束里看到了噪声的来源——一头黑色的抹香鲸，它正在奋力摆脱一只巨型乌贼挥舞着的红紫色触角。

“一场生死较量！”巴德惊呼道。

“谁能猜出哪方更强？”汤姆问道，“海洋里蕴藏着很多残酷的秘密。”

“说到秘密。”巴德说，“我们是不是快到藏容器的地儿了？”

汤姆看了一眼他们自动导航仪的刻盘说：“快了。”

“海洋猎犬”沉得越来越深。最终他们在距离海面4.8千米的海洋底部稳稳停下来。

“伙计，这景观！”亚弗·汉森小声说，他到前面来，看到外面一片荒芜。

到处都是地壳隆起的岩石褶皱和四散分布的矿物质结块，没有任何东西来打破这海洋下面单调乏味的灰棕色调。

“我们在东太平洋隆起的斜坡——一条海底山脉上。”汤姆说。

他移动手柄，伸出前行履带，“海洋猎犬”便开始轰隆隆地沿着海底慢慢地前行。几分钟后，汤姆停下潜艇。

“如果我们的太空朋友提供的方位没错的话，容器应该在这周围。”

乔眯眼瞥了下窗外，摇了摇头。“请我看看贝壳吧。”他喃喃着，“除了海底的淤泥，我什么都没看到！”

“我也没有。”汤姆同意道。他用探照灯扫着海底，“这简直就是大海捞针！”

“我们甚至连针长得什么样都不知道。”巴德说。

他们两人扭着身子钻到了胖人装备里。这些装备的造型像厚重的不锈钢蛋，上面还安装着远程控制的机器手臂和双腿。

汤姆和巴德摇摇摆摆地出了“海洋猎犬”的气门，开始搜索整个区域。他们在外面以“海洋猎犬”为中心绕着圈搜索，直到找遍了海底的1.6平方千米多。

“有发现吗？”巴德通过声呐电话喊道。

“没有。”汤姆回答，“我们还是回船上去吧。”

一登上船，船员们就来回巡航展开广泛搜索，他们利用了各种各样的设备：汤姆的辐射传感窥探器，他父亲的金属探测仪，和“马德”——一个反地磁检测器。汤姆还用了高超音速传感器探测海底淤泥，但还是没有任何太空容器的线索。

徒劳的搜查让他们感觉疲惫又沮丧，潜艇上的船员都坐等着睡觉前的夜宵。

“机长，你看。”亚弗说，“为什么我们认为容器还会在这里呢？如果它是很久远以前被埋到这里的，那么海底也许发生了变化，或者容器是被深海气流卷走了呢。”

汤姆皱起眉头沉思了一会儿，摇了摇头，“不，我不这样认为，亚弗。因为我觉着太空容器的位置是我们的太空朋友最近才计算出来的。如果他们给我们的数据不确切，我想他肯定会事先警告我们的。”

巴德沮丧地说道：“也许敌对的外星生物已经抢先我们一步把容器夺走了。”想了一会儿，他又加了一句，“嗨！这也许能解释那个幽灵一样的蓝色飞碟在太平洋上方盘旋的目的。”

汤姆看起来很是担心。“你是说它在用某种方法钓那个容器？”他问，“如果真是那样，巴德，那么F岛的那些渔民很有可能会发现什么不寻常的事。我们最好明天去那里调查一下。”

第二天一早，“海洋猎犬”就浮出水面，向北往那个孤独的小岛行去。在途中，汤姆把他读到的关于小岛的背景跟船员交代了一下。当地原住民叫作拉帕·内岛，于1722年由海军提督洛支温在周日发现的。正如后来的所有参观者一样，他当时也为岛上数以百计的巨型石雕——都雕刻着诡异的、满是嘲笑的面孔而感到震撼和困惑。

它上面的原住民和外来者发生过很多不愉快的事。1862年，很多人曾被绑架到他国做奴隶，最后Z国接管了这座岛。现在岛上的原住民有一千多人，这座岛也被用来牧羊。

“那些巨大的石头雕像，他们有什么象征意义吗？”巴德问道。

“没人知道。”汤姆回道，“它们竟然能被凿出来立在这偏远狭小的岛上，真是让人匪夷所思。”

很快，直升机就盘旋在F岛上空。F岛四周都是悬崖峭壁，嶙峋的黑色熔岩礁紧紧环绕着它。岛上丘陵起伏、草木繁茂，还有一些熄灭的火山口。

“看！雕像在那里！”汤姆手指着说。那些巨大的雕像沿着海岸附近的一个碎石场脸朝下躺着。“我读到过，它们一般被立在陵墓里，现在却遍布整个岛屿。”汤姆补充道。

他把飞机降落在一条小型飞机跑道和岛上仅有的一个叫汉加·罗亚的村庄之间的空地上。一位海军官员莫雷诺中尉

开着一辆吉普来见他们。汤姆解释说，他参加了一个海底考察队，想问一下在海岛南部有没有什么罕见的景象被报道过。

“请问是哪种景象呢，先生？”

“任何不同寻常的景象。我正在核查一个理论，是关于可能发生在大洋底部的一些事情。”

“也许是一次火山活动。”莫雷诺回答汤姆说没有任何不同寻常的事引起他的海空小型基地关注，然后接着说，“但是我们的长官非常想见一见著名的汤姆·斯威夫特，我非常荣幸能带您去他的宅邸。”

当汤姆和巴德乘着中尉的吉普驶进小镇的时候，激动的岛民都骑着精壮结实的马匹飞快地朝他们奔来。这些人虽然衣着破破烂烂，却都带着愉快友善的微笑跟来访者问好。

“伊亚——奥——拉纳！”他们一起唱着。

在莫雷诺中尉小声地提示下，这群男孩喊着回道：“伊亚——奥——拉纳！”这是这个岛上传统的问候，意思是“日安，每个人”。

村庄里的房子都是白油漆铁屋顶，整个村庄用围栏跟周边的草地隔开。岛上的长官佩雷兹穿着一套金色肩章的卡其色制服，坚持要汤姆和巴德留下来吃早饭。

他们刚用完早饭，一个中年A国人就进来拜访问好。他穿着衬衫，带着一个硬壳遮阳帽。

“这位是泰伯恩教授，你们祖国的同胞。”佩雷兹把他介绍给两个男孩，“他是一位考古学家，随一个挖掘F岛神秘废墟的队伍来到这里的。”

这个教授很开心能见到两个A国同胞，他提出要带两个男孩去看看拉诺·拉拉库的巨型石雕采石场。拉诺·拉拉库是小岛东北角附近的一个火山口。“那里的风景绝对让你难以忘记。”他说。

汤姆和巴德欣然同意，向“海洋猎犬”发完信息后，他们和教授骑着马出发了。

他们走的横穿小岛的路上散满了火山岩，那些岩石尖角锋利，能把他们的鞋子割成一条一条的。

“现在你知道为什么这里的每个人都要骑马了吧。”泰伯恩教授说，“事实上，F岛的马比人还要多。”

他们一行人到达采石场的时候已近中午。当看到火山口杂草丛生的斜坡上东倒西歪的巨型石人时，两个男孩都油然而生一种敬畏之情。所有的头都是长长的、瘦瘦的、方方的，有着同样突出的下巴、长耳朵和紧紧抿着的、露出讥讽微笑的嘴唇。

巴德喘着气说：“天哪！这简直跟在北极发现了一队象群一样不可思议。”

“许多这样的石雕都有9米高，大约100吨重。”泰伯恩教授说，“在火山口一边仰躺着的一个雕像，经测量足有21米。想象一下那得有多重！”

一些雕像被埋在土里，只露出胸部以上，其他的都背朝下平躺着。有些雕像只刻了一半儿，石头镐头和锛子四处散着，就好像是工人们突然扔下他们的工具然后逃走了。

汤姆和巴德在和挖掘队一起吃午饭的时候，泰伯恩教授解释说那些海岸边上场地里的雕像曾戴着红砂岩做成的头饰。他说是深具传奇色彩的领队侯图·马图阿告诉他的。他第一次乘船到达这里的时候刚刚日落。

“但F岛的历史仍旧谜团重重。”他结束道。

爬到火山口检查完这些雕像后，两个男孩开始返程。他们的马沿着岸边的路朝南慢跑着。泰伯恩教授说这条路经过几个石葬场。

突然几声奇怪的呼喊一齐发出来划破了宁静，汤姆和巴德惊讶地环顾四周。

三个骑着马的男人朝他们飞奔过来，他们都戴着表情狰狞的奇怪面具！

“真是没想到呀！汤姆·斯威夫特！”巴德喊道，“他们是什么人？”

“不知道。”汤姆的声音里带着困惑，“但我不喜欢他们的样子。”

“跟上！别在这徘徊了，赶紧跑吧！”巴德边说，边驱策他的马前进。

汤姆用后跟踢着他的马，也跟着跑过去。很快，他们就在岩石满布的路上飞速奔跑起来。当汤姆看到他朋友的马被石头绊倒后，巴德从马鞍上飞了出去心重重地沉了一下。

汤姆猛地勒紧缰绳让他嘶鸣的马停了下来，他跳下来去救巴德的时候心跳快得可怕。

那些戴面具的骑士正飞速地向他们冲过来。

第六章 鸟人

幸运的是巴德没有受伤。汤姆急急地朝他跑过去的时候，他正挣扎着站起来。

“你没事吧？”汤姆担心地问道。

巴德站起来拍拍屁股，说：“没有骨折，不过现在可以预见我以后不再适合马上竞技了。”

现在没有任何指望能摆脱那些追赶他们的人了。男孩们站在那儿，三个面具骑士在他们旁边停下来。

“布恩诺斯，戴阿斯！”领头的人下马对他们说，“我们不想伤害你们，先生。”同挖掘工人和岛民一样，他用英语和西班牙语混着和他们说话。

虽然言语友善，但汤姆注意到这三个人的腰间别着刀，像是做好了随时应战的准备。汤姆盯着他们怪异的面具。那些面具是由磨光的木头制成的，上面绘制着吓人的鹰钩鼻面孔，下巴长着胡须，还有长长的悬挂着的耳垂。它们看起来像是汉加·罗亚的居民兜售的那种魔鬼小雕像。

“如果你们是友好的，为什么不敢露出脸来？”汤姆问道。

这个男人没有回答他，而是说：“先生，你们是鸟人——鸟人吗？”

“你是想问，我是不是今早飞到这个岛上的其中一个A国人？”汤姆问道，“如果是这样，我的回答是的。”

这个男人犹豫了一会，说：“我问的不只是那个，先生。鸟人只有一个。你是吗？”

两个男孩一头雾水地面面相觑。

“我不太明白你的意思。”汤姆说。

双方陷入异常的安静。然后三个人中的另一个开口了：“也许他是鸟人，但他自己不知道。”

这三个面具男开始用他们的本地方言激烈地讨论起来。他们最后做了一个决定。他们从腰间取下刀子，靠近汤姆和巴德。

“不要乱动，我们不会伤害你们，伙计们。”领头的说道，“放聪明点，转过来让我们捆住你们的手。”

男孩们匆匆交换了下眼神，思考着要不要奋起反抗。如果只是拳对拳，他们肯定不会犹豫。但是那些刀太危险了。

“我们最好按他们说的做。”汤姆小声说。

那三个人从他们的马鞍上取下绳索，把两个男孩的手腕绑在背后。汤姆和巴德又被吊到他们的马上。然后一行人沿着小路骑着马往一个地点奔去，那里有条陡峭的小径顺着峭壁往下延伸到水边。他们在此处下了马。

“别告诉我要我们绑着手爬下这里！”巴德说。

“我们会用一个绳子把你们放下去的，先生。”

两个男孩到了岸上后，其中一个面具男留下来看守。另外两个骑着马离开了，汤姆和巴德焦急地等待着。

夕阳西下，看守人的同伙终于回来了。他们每个人都扛着一大捆多多啦芦苇，它们生长在火山口湖的湿地里。

“瓦莫斯！”看守的人发话，催促男孩们快走，“走！”

汤姆和巴德沿着海岸被带到黑色熔岩礁的豁口，一条浮架独木舟搁浅在滩边。男孩们被赶到船上，三个面具男撑船离开。

这三个人平稳地划着桨，在拍打着的浪花里驶离了岸边，然后驾船驶向悬在拉诺·高上的火山锥。拉诺·高是一座死火山。

巴德不安地看了汤姆一眼。“他们要带我们去哪里啊？”

“我怎么知道！”

拉诺·高的远处有三座小岛，其中座仅仅是个岩石顶。面具男们划向其中最大的一个，距离海崖有1.6千米。

独木舟在海浪里靠岸的时候，一群喵喵叫着的海鸟从岩顶上飞起来，张开翅膀掠过水面飞向了附近的岩石顶。

男孩们被带上了岸。一个原住民掏空了他们的口袋，解开他们腕上的绑绳，而另外两个人则卸下了那几捆2.4米长的芦苇。然后这三个人就准备撑船离开。

“等等！”汤姆喊道，“你们是要把我们困在这儿吗？”

“如果你能带回那个蛋，先生。”领头的说道，“圣石就是你的。”

这三个面具男划船走了。

“多么卑鄙的手段！”巴德怒气冲天，“总之，他到底什么意思？”

汤姆无助地耸耸肩，说：“我不知道。”

几分钟后，独木舟消失在了F岛高耸的岬角附近。

“伙计，我们陷入绝境了。”巴德说，“他们甚至把你的铅笔无线电也拿走了。我们怎么才能离开这座石头监狱啊？”

“我想我们被困在这儿了，伙计，除非有人来救我们。”汤姆指着远处在海浪中滑行的一个鳍补充说，“除非你想冒险从鲨鱼旁边游过去。”

巴德发起抖来：“不用了，谢谢。”

为了打发时间，两个男孩开始踏勘这个小岛。他们发现几个杂草丛生的山洞，里面有人的骸骨，其中一个洞里有一面红色的墙，上面画着一个吓人的脑袋。

“我们被困在一个什么样的地方啊！”巴德大声抱怨。

夜幕低垂，没有任何救援出现的迹象。男孩们把芦苇解开铺在海滩上当做底垫，在海浪的轰隆声中很快就睡着了。

黎明时分，他们已是浑身酸痛，饥饿难耐。随着太阳慢慢升起，石头变得越来越烫。

“伙计，我准备好要去面对鲨鱼了。”巴德满腹牢骚，“你呢，天才男孩。”

“我也一样。”汤姆搓着下巴沉思道，“你知道，巴德，我在南美洲见过芦苇船。我们可以用这些芦苇做出两条来。”

“两条船？我们连一条都不够吧。”

“对于我说的那种船足够了。”汤姆开始把长长的芦苇分成两捆扎起来，每捆的形状就像是根巨大的、弯曲的长牙。接着，他用当地人用过的那种绳状藤蔓在每捆芦苇上打了几个结。

巴德在一边迷惑不解地看着，问：“这些是船？”

“好吧，它们叫木筏。”汤姆回答，“我们躺在上面用双臂和双腿划船。这样我们就不会变成鲨鱼的腹中餐了。”

巴德惊呼：“伙计，你简直是个天才！”

出发前，汤姆在岩石间爬上一个鸟窝带回一枚乌燕鸥的蛋。

巴德笑起来，说：“那是什么，一个复活蛋？”

“不，我只是想到那些面具男说的话。如果一枚蛋能换取那块圣石，我打算试一试。”汤姆也咯咯咯地笑。

男孩们抱起他们的芦苇筏子，捡了一些尖锐的石头用作反击鲸鱼的武器，然后经过拍打海滩的浪花进入水中。筏子这么好使，巴德感到非常惊讶。很快他们就迅速地向陆地方向划起来。

划了一半路程，汤姆大喊：“快看！我们有同伴了！”

一个极为显眼的鳍割开水面直逼他们而来。两个男孩都迅速从水里把胳膊和腿缩回来。那条鲸鱼轻轻推了推巴德的筏子，然后失去兴趣游走了。

“呼！”巴德拭去额头的冷汗，“就算是小鲸鱼，我也不希望这么亲密！”

男孩们继续划着筏子。但他们快靠近F岛的时候，汤姆的脸色突然变得苍白。他在水晶般透明的水里看到一个条状物朝他的方向疾驰过来。一头虎鲨！它在急速上升！

汤姆知道虎鲨的脾气难以捉摸，一次击打有可能把它吓跑，也有可能激怒它。等它鼻子探出水面，汤姆举起手臂，用力掷出一个刀锋般尖利的石块。鲨鱼游走了！汤姆松了口气，停了下来。

巴德惊恐地看着整个过程，喊道：“小子，干得好！你为全组争光了！”

男孩们加倍努力，朝着熔岩礁方向继续快速地划动筏子。当他们终于爬上岸的时候，浑身就像被扒了一层皮，又被削过一样。

“接下来更有趣了。”巴德凝望着他们可能要爬的陡峭的火山岬角。突然他倒吸一口气：“看！”

可以看到有三个微小的人影在火山顶部向他们挥手。

“我敢打赌他们就是面具男！”汤姆喊道。他急忙举起乌燕鸥的蛋。崖顶上的几个人大声地欢呼起来。

汤姆笑了笑，把蛋藏到屁股口袋里。然后两个男孩就开始了艰难的攀登。由于海水的撞击和天气原因，崖壁被侵蚀成了垂直状。男孩们手脚并用地向上摸索着攀爬。那三个人大声地为他们加油鼓气。

快到顶部的时候，汤姆在一块光滑的岩石上滑了一跤，巴德看到他同伴脸上突然受惊的表情时心跳都快停止了。汤姆大叫一声跌落下去。

第七章 圣石

巴德看到汤姆向锯齿状的珊瑚礁掉下去被吓坏了。他闭上眼睛不敢看，当听到崖顶上爆发出喜悦的呼喊时才睁开眼。

汤姆抓住了崖壁上的一块岩石突出，停止了掉落！

巴德看着，几乎不敢呼吸，汤姆慢慢地挣扎着找到一个新的落脚点，然后终于攀爬回来。

汤姆晒黑的脸上满是白土粉的斑点，流淌的汗水从他的额头和脸颊滴落。

“你想干什么？想让我心脏病发作吗？”巴德问道。

汤姆笑起来，说：“练习跳伞啊！”

接下来的攀登没出什么意外。两个男孩都格外小心谨慎，向上移动的时候会用手或脚先试探一下。终于，在他们快要到达崖顶的时候，那三个岛民不再戴着面具，伸出手把他们拉了上来。

汤姆和巴德刚气喘吁吁地站起来，三个人的领头就说：“那个蛋，先生，你拿到了？”

汤姆把手伸到背后的屁股口袋里，轻轻掏出那枚乌燕鸥的蛋。它竟然没有碎！三个人都屈膝跪在汤姆面前，两个年轻人面面相觑。

“你看。”汤姆对那几个岛民说，“你们先让我受了一番煎熬。现在告诉我们是怎么回事。”

“阿里基。”领头的说，“当昨天你们乘着奇怪的飞行船从天空出现的时候，我们就预感到拉帕·内的最后一个鸟人复活了。现在你证实了它，圣石属于你！”这个人急忙站起来匆匆跑开。

汤姆和巴德看见他爬进一座屋顶低矮、半地下式的石屋门口。两个男孩这才注意到这座火山的边缘建有好多这样的石屋。

两个A国人四处观望，巴德抓住汤姆的胳膊四处指着。崖顶上的巨大玄武岩上刻满了岩石画。

“漂亮的石雕。”巴德评价。

很多画上都是一个男人，他的脑袋上立着一只长嘴鸟，手里持着一枚蛋。

“鸟人，那是鸟人。”其中一个岛民解释。

汤姆认为那个“鸟人”一定是拉帕·内上某种古老的宗教祭仪里的一部分。总之，他带回乌燕鸥的蛋，为自己赢得了这个头衔。

不一会儿，领头从石屋里出来，手里捧着一块小小的、扁

扁的石牌，然后递给汤姆。小石牌上刻满了成排的奇怪符号。

汤姆的眼里闪着兴奋的光，巴德低语道：“嗨！这些像是你那外星朋友用的符号。”

“确实。”汤姆在地球上曾经发现过这种符号，在尤卡坦半岛的热带雨林里，在大西洋的水下金城附近的金字塔中。这两个发现似乎都暗示着早在远古时代就有外星人到来。

“你从哪里得到这个的？”汤姆问。

“我们父辈的父辈的父辈们是F岛的最后一代祭司。”领头的说，“他们是这块圣石的守护者。”

“这个秘密隐藏了几百年。我们的父辈把它传给我们。”另一个人说，“他们告诉我们，有一天‘鸟人’会在天空里出现，返回拉帕·内。现在我们知道了，你就是那个人。”

第三个人说：“我们把芦苇留给你，看你知不知道如何使用。你用它们做成了木筏，正如先辈们那样，而且你带回了一枚蛋。”

“今天发生的事本来是要对岛外的人保密的。”第一个人说，“不过我们会告诉自己人。从现在开始，你就是阿里基毛——我们的王。”

汤姆大吃一惊。他有点语无伦次地说道：“我，我很高兴有这个荣幸。但是，你们确定没有搞错么？”

这三个岛民严肃地摇摇头，说：“我们没有搞错，阿里基。”

为了庆祝这件事，这几个岛民招待了他们一顿美味的鸡肉。这只鸡是用香蕉叶包着在土灶里烤熟的，接着上了甜瓜和凤梨。

吃饭的时候，汤姆问他们：“你们知道圣石上面的雕刻是什么意思吗？”

三个人都耸耸肩，又摇摇头。“我们不认识那些符号。”一个人说，“但我们知道上面讲述的是很久以前一座大岛沉到海里的故事。”

汤姆听到后甚为震惊，想进一步问清楚。但是他们都再说不出什么了。

后来，男孩们就被护送回拉诺·高斜坡上的陆地了。他们的马已在下面拴着，口袋里被掏走的东西也都完好地放在旁边。他们骑马离开的时候，这三个岛民都呼喊着挥手跟他们告别。

“好吧，当国王的感觉怎么样？”巴德开玩笑地问。

“相当痛，尤其是爬过珊瑚礁还从悬崖上掉下来后。”汤姆笑着说，“但是我更想知道圣石上面写的什么。”

“也许你能解开那些符号意义呢？”

“我肯定要试一试，知道符号的普遍规律应该能帮不少忙。”

男孩们到达“海洋猎犬”的时候，浑身脏兮兮的，满是伤痕的脸引来了船员们接二连三的激动问候。

“请你吃草原狼肉片吧。”乔大声喊着，“你们两个看起来就像刚在灌木丛生的森林里被打烂了一样！发生什么了？”

汤姆讲述他们的遭遇，巴德加进来：“你们这群家伙怎么都不担心我们，也不出来找我们。如果不是天才的汤姆想到制作木筏的办法，说不定我们现在还被困在那里呢！”

“好吧，对不起。我们以为你们在教授的工作地点搭帐篷过夜了呢。”亚弗解释说，“我以为如果遇到麻烦你们会用汤姆的铅笔无线电发信号过来。”

“没关系啦。”汤姆好脾气地说，“对我自己来说，只要能得到这块石头，整件事就都是值得的。”

汤姆下命令让船员准备好起飞。他和巴德洗澡、换衣服的时候，马已经送回了汉加·罗亚，“海洋猎犬”飞速冲上小岛的上空。

一会儿它降到了拉诺·拉拉库的脚下。

丢下看着这些奇怪的石头雕像大呼小叫的船员，汤姆和巴德爬上坡去找泰伯恩教授谈话。

“小伙子们，很高兴又见到你们。”考古学家说道，“你看起来似乎心事重重，汤姆。”

“是的，我有事找你，先生。你能告诉我们一些关于鸟人的事情吗？”

泰伯恩教授雪白的眉毛挑得老高，说：“鸟人？哦，好的。他是这里以前基督教仪式的一部分。每年，在七月，竞争首领的人们会聚集在奥隆戈，老石头村坐落在拉诺·高上，等待奥隆戈岛上黑压压的燕鸥到来。这里有一种比赛，就是首领们利用芦苇筏子游到毛图·内上，取走燕鸥的第一枚蛋，然后把它带回奥隆戈。得到蛋的人由神父指定为来年的鸟人——一种神王。”

“我明白了。”汤姆点头，然后把石牌拿给他看，“你对这个有什么看法，先生。”

教授热切地观察着这块石牌，他激动地喘着气。“天哪，汤姆！这真是个惊人的发现！目前这里仅有的文字记录是一种象形文字，刻在名作‘隆戈·隆戈’的船上，但是石牌上的这些符号完全不同！它们也许是解开F岛谜团的关键所在。你从哪里得到它的？”

“是几个岛民给我的，但是我不能泄露更多了。”汤姆回答说，“还有一件事，先生。现在有很多理论认为F岛和一块沉没在太平洋的大陆有关，你相信这些理论吗？”

教授笑着，耸了耸肩，说：“真是个难题，汤姆。是许多传说导致了这些看法，但是目前我还不知道有什么科学证据来证明了它们。”

汤姆也回以一笑，说：“也许这块石头上的雕刻能提供一些线索。如果我，或者我父亲能把它们翻译出来，我一定会通知你。”

“海洋猎犬”再一次起飞的时候，汤姆的脸上露出隐隐的兴奋。

巴德探究地看了他一眼，问：“你葫芦里卖的什么药，天才小子？我可是能看出来的。”

汤姆笑起来，说：“巴德，对于太空容器的来龙去脉，我有一种直觉。”

第八章 来自太空的警告

直升机喷着气从F岛往南飞去，巴德急切地看着汤姆，“你是说，容器不在太空朋友给出地点的原因，你已经想出来了？”

“只是个猜测而已。”汤姆说，“我觉得地点没有错，甚至比我们想的还要准确。”

“我不懂你的意思，机长。”

汤姆对巴德神秘地笑了笑，“很快你就知道我的意思了。”

“海洋猎犬”保持航向飞了240多千米，然后汤姆驾驶飞船慢慢下降，接着冲到了海里。

当飞船从蓝玻璃似的明媚的天空沉入墨般漆黑的海里时，转动的螺旋桨在水面搅出大朵大朵的浪花。巴德切换着他们的探照灯。几分钟后，“海洋猎犬”到达海底。

汤姆用控制杆操纵着飞船在海底轰隆隆地缓慢航行，他看着自动导航仪，不一会儿就将飞船停了下来。

“好了，我们正好在坐标点上。”巴德说，“现在把容器找出来吧。”

“别开玩笑了，小子。”亚弗插嘴道，他刚从引擎室来到前面，“我们早都知道它不在这里，再找一遍有什么用呢，机长？”

“也许我们之前找的地点不对。”汤姆回答，“我们现在的深度是多少，亚弗？”

亚弗跨步走到一个仪表盘前面——“4.84千米。”

汤姆核对了一下他海图桌上的一个文件，然后开始匆匆计算起来。“根据这个坐标。”他宣布，“容器是在海平面以下5.79千米的地方。”

巴德和亚弗吃惊地看着他。

“天哪！”巴德倒吸一口气，“那么它是被埋在海底下面了！”

汤姆苦笑着点点头：“是的，考虑到这周围大概有243米的积淀物，坐标的地点应该岩床底下大约800米的地方。我之前弄错了，没有检查深度。”

“那你现在怎么想起来检查深度了？”巴德问道。

“是那块圣石，还有当地人讲的那个大陆沉到海里的故事。”

“等等！”亚弗说，“你们是说那块石头是来地球建立殖民地的外星生物雕刻的？”

“很有可能，亚弗。”汤姆说，“不管是外星人，还是地球人，都已经知道他们的存在了。我没有时间仔细研究那块石头，但是我确信那些符号和太空代码这么相似绝对不是巧合。”

巴德激动地说：“所以你认为那个容器是在所谓的消失的大陆沉没前被藏起来的？”

“是的，巴德。如果传说是真的，那儿一定发生过一次剧烈的动荡，地震或者火山喷发。那个大陆不仅会沉没，被水淹掉，有些部分还会受到巨大的挤压而形成褶皱。”

“所以结果是容器被埋在距离现在的海底800米以下的地方？”

“对极了。”

亚弗看起来折服了,问：“先生，你又有工作做了，进展得不错呀，机长。你如何找到那个容器呢？用原子地球爆破器吗？”

这种威力巨大的挖掘装置放在岩石上能使其汽化蒸发掉。汤姆曾利用它在南极钻取铁，后来又用它刨出一座海底氦矿。

他沉思着摇了摇头：“不，爆破器有可能会让容器随着岩石一并汽化，原子电焊条没办法用电视机或雷达看到前面的东西。”

“那你怎么办呢，汤姆？”巴德问。

“我得好好想想，我想说最理想的方法就是利用一种有人驾驶的钻孔装置，一艘能在地下掘穴的潜艇。”

“一艘地下火箭船！你能在图纸上先画出一个模型来吗？”巴德的眼睛兴奋地亮起来。

“给我点时间。”汤姆轻声笑起来。

在返程的长途飞行中，大部分时间汤姆都让巴德来驾驶。年轻的发明家在机舱里坐着，目不转睛地望着窗外，他眉头紧锁，陷入深深地思考。到达费林岛之后，两个男孩和乔一起登上“旋转小鸭”返回肖普顿。

他们降落到集团的时候刚过五点。汤姆急着把这次的收获报告给他父亲，和巴德直接赶往斯威夫特父子俩的双人工作室。

“欢迎回来，小子们！”老科学家热情地握着他们的手问候，“我收到你的无线电信息了，儿子，但是我想听你们亲自跟我讲讲整个详细经过。”

斯威夫特先生兴味浓厚地听着汤姆和巴德讲述他们探险的遭遇。他为自己的儿子竟成为“神王”而感到惊讶，为圣石上出现的刻符而激动不已。“研究这个圣石想必十分刺激。”科学家说，“真希望我们能立马搞定它，但是寻找太空容器更为紧迫。你有什么主意吗，汤姆？”

“有了，爸爸。我想我能根据斥力装置原理设计一艘能进行地底探测的潜艇。”

这一原理利用每种元素辐射出的独特的亚原子来生成斥

力。汤姆已将这种斥力运用到他的深海保护罩上，还用此力驱动他伟大的航月飞船——“挑战者号”。

汤姆解释说：“我的地下挖掘机会一边四面推开泥土和石块，一边蠕动前行。”

斯威夫特先生立马被这个想法吸引住了。“凿透岩床需要巨大的力量。”他沉思着说，“不过原子能斥力装置能够做到。”

“当然了，爸爸，这台挖掘机需要能在地面上移动，还必须能像潜水艇一样操作到达海底。”

“哇哦！太厉害了！”巴德喊道，眼睛睁得大大的，“一种海底移动凿岩机。”

汤姆笑了笑，继续勾勒出他想要的机器。巴德和斯威夫特先生都热情高涨。

“这种机器还应该有强大的勘探能力。”老发明家说，“我希望你的想法能更深远一点。”

“我明天就开始投入这件事，爸爸。现在我想去查看一下那个神秘的飞碟。”

“好主意！我们一起去天文台看看吧。”

电话突然响了，斯威夫特先生停住去接听电话。集团的无线电主管乔治·迪林情绪激动地告诉他：“太空编码器收到一份来信，但不是你们平常的那个太空朋友。”

斯威夫特先生甚为惊讶，“那是谁的？”

“我不知道。传送器识别它们的时候，机器好不容易才翻译出来，它是‘太空军团’。”

“我们马上就到！”

斯威夫特先生和男孩们飞快地开着吉普去往太空信息实验室。解码器刚刚打印完信息。上面写着——

太空军团致斯威夫特家：

我们希望你们能帮我们追回太空移民记录的容器，但不要交给你们平常的那个交流者。作为交换我们会为你们提供秘密武器，比地球上所知的任何武器都更为强大。敬请回复。

“这一定是你们得到太空朋友警告过的其他外星生物发送来的。”巴德猜测。

“我想说他们一定非常危险，如果他们从武器方面考虑问题。”斯威夫特先生说。

“而且很有可能不值得信任。”汤姆补充说，“如果容器里面的数据记录了适应我们环境的秘密，他们会用此来侵略地球！”

斯威夫特先生和巴德都认为应该拒绝这个要求。拒绝之前，汤姆建议他们应该谈判一下，争取从发信者那里得到更多信息。

斯威夫特家致太空军团：

正在绕地球轨道航行的飞碟是你们的吗？

很快机器上的信号铃响了，回复在卡带上打出来：

我们等待你们对我们的要求做出回复。

“我想我们最好马上让他们知道我们的立场。”斯威夫特先生决定道。

汤姆发去一封回绝信，说他们不能破坏对太空朋友的承诺。“太空军团”回复：

我们建议你们重新考虑，我们的接收器将保持对你们的波长的调谐。你们平常的朋友是我们的敌人，不要帮助他们，不然你们的结局会很惨。

第九章 深海的遗产

“他们太嚣张了！”巴德冒出一句。

解码器把恐吓信息打出来后，伴随而来的是一阵令人不安的沉默。

终于，乔治·迪林开口了，问：“你们觉得他们的警告是真的吗？”

“我真希望能有办法确定。我觉得他们是在虚张声势。不过我们也没必要怕他们——暂时。”斯威夫特先生担忧地耸耸肩。

汤姆同意道：“正如我们的太空朋友，他们大概不能在我们地球的环境里生存，不然也不会要我们去拿容器。”

“要不要再跟你的太空朋友核实一下？”巴德建议。

汤姆立即给友好的外星人发送了一份报告，告诉他们敌人威胁他们的事。

不一会儿，解码器就打出了他们的回复：

我们已经监测到你们和太空军团的对话，谢谢你的忠诚。

做好对太空军团的防范举措，我们这里也会采取对策。

汤姆发信息询问蓝色飞碟的事。他们的朋友回复：

我们也在监视它，我们怀疑是敌人用来探查容器位置的飞船。在太空军团公开透露自己的意图前，暂时不能回答你之前的问题。

斯威夫特先生、巴德和迪林就这种情况讨论了没多久，政府科学家中的两个人，赛斯·哈福德和埃尔罗·克雷，就闯了进来。

“那艘飞船跟丢了，就在两分钟前！”哈福德报告说，“它飞得太快，空间探测器瞄不准。”

汤姆和他父亲交换了一个深思的眼神，说：“正好在我们拒绝了太空军团之后！从这个时机来说，我觉着那艘飞船很可能就是他们的，爸爸。我们刚通完信他们就离开了！”

哈福德和克雷看起来很困惑。

“太空军团？那是什么？”克雷问。

汤姆把他和对立的太空军团的对话带子拿给他们看。

克雷的脸色变得越来越难看，说：“这个恐吓听起来很严重，我想你们应该通知国防部。”

“好提议。”斯威夫特先生同意。

翌日一早，汤姆就开车去了工厂，开始设计他的海底凿岩机。他在车床里夹了一块木头，一边加工一个小模型，一边吹着口哨反复斟酌。完成后，它看起来像两个压在一起的圆锥体，有着一个尖尖的船头和船尾。它的中间，就是两个圆锥体连接的部位，非常平滑。

“斥力装置的布局。”汤姆一边把木头模型拿在手里翻来覆去地查看一边小声嘀咕，“真是妙极了！让我想想，我需要在船头安一台中央斥力装置辐射器，也许其他附件可以嵌入纵向运转的船尾。”

汤姆把模型放在工作台上，然后埋头打起草稿来。动力装置、氧气系统、潜艇特性、地面运动，把细节设计交给主管工程师们之前，所有这些他都必须仔细地想清楚才行。

“爸爸说对了，动力装置是我的主要问题。”汤姆决定道。

一如往常，到了中午，汤姆、巴德和他的同伴在实验室吃午饭。他们正吃着乔做的美味的大碗咖喱的时候，强壮的副驾驶拿起汤姆的木头模型检查起来。

“看起来你的移动凿岩机实际上将会是个带着尖鼻子的鱼雷，它为什么有尖尖的船头和船尾？”

“好吧，尖尖的船头是为了更具穿透力，就像一把锥子。”汤姆解释说，“而它后面的地面会在它缓慢前进的时候合上，这就是为什么我要为它设计个尖尖的船尾。”

“你的意思是它不用挖隧道？”巴德问道。

汤姆摇摇头，说：“不用，斥力装置的斥力很容易就会为飞船开出一条路。然后，在它前行的时候，土地和岩石会马上弹回去。”

“我明白你的意思了。”巴德说，“对于这次行动，你不需要挖隧道。”

午饭后，汤姆继续投入到他的草图和计算中去。巴德正要离开的时候，电话响了起来。

“你好，我是小汤姆实验室的巴德·巴克利。”

“我是正门的威尔逊。这里有位先生想见汤姆，他的名字是塞拉斯A. 斯普林·索普。请帮我通传一下，他带着一条三只腿的鱼。”

“什么？”巴德喊道。

“你听好了，一条三只腿的鱼。”门卫听起来很不高兴，“这个叫斯普林·索普的家伙也许是个骗子，要不就是疯子。我该怎么打发他？”

“等一下，我去问问汤姆。”

巴德告诉他拜访者的事后，年轻的发明家抬起头来，“塞拉斯A. 斯普林·索普？他是给我看深海录像的那个律师事务所中的一员！快点，让门卫放他进来。”

巴德挂掉电话后，汤姆笑了，说：“最好还在。”

不一会儿，他们看到一辆吉普开到了实验楼前面，车上有一个工厂警卫。他旁边坐着一个戴着礼帽，相貌尊贵的白胡子男人。几分钟后，响起一阵敲门声。

“请进！”汤姆喊道，站起身，来访者推门进来，怀里抱

着一个大塑料盒子。彼此握过手、介绍过后，那个律师把塑料盒搁在工作台上，摘掉盖子，取出一个奇形怪状的填充标本。

巴德的眼珠子都快掉出来了,说：“天哪！一条三只腿的鱼！”

“确实！”斯普林·索普咯咯地笑着说。

“雷龙，一种射线鳍。”汤姆说着，一边饶有兴趣地检查着这条鱼，“这些不是腿，巴德，尽管这些家伙确实用它们来保持平衡，实际上，它们是它的腹鳍和尾巴延伸出来的。”

“啊哈！”塞拉斯A.斯普林·索普欢快地搓着手，“我能看出来你很了解这些深海鱼类，斯威夫特先生。你见过活的雷龙吗？”

“是的，在几次潜水的时候见过。不过你来就是为了讨论这个吗？”

律师变得严肃起来，问：“你听说过一个叫作米克洛斯·马莫尔的人吗？”

“他曾捐赠过马莫尔海洋实验室，是吗？”汤姆问。

“正是。”斯普林·索普回答，“米克洛斯·马莫尔来到A国的时候还是个身无分文的移民男孩。他曾在捕鱼船上当过水手。后来他很快建立了自己的船队，变得富有起来。多年来，他对海洋生物产生了浓厚的兴趣。去年秋天去世之前，马莫尔先生设想出一种新型的水族馆，用来研究和展示生存在海底深处的深海鱼类和其他生物，具体包括射线鳍。不过，这种水族馆会面临很多技术难题。”

“当然。”巴德说，“这个水族馆必须足够牢固，要能承受跟潜艇在水下几千米承受的同样巨大的压力，是这样吧，汤姆？”

年轻的发明家点点头说：“光是把深海物种活着养在水族馆就是一项科学伟绩。”

“确实是。”斯普林·索普说，“但是马莫尔先生相信能建成。在他的遗嘱里，他创立了一个巨大的信托基金用来建造和经营这样一个水族馆。”这个律师说了一个巨大的数字让两个男孩呼吸加速。

“这个遗嘱里有几个条件。”斯普林·索普继续道，“如果哪个A国科学组织能在马莫尔先生去世后一年内建立起这样的水族馆和标本，这笔钱就归他们所有。”

“如果都没有成功呢？”汤姆问。

“那么这笔钱就会赠给克兰乔维亚的政府——马莫尔先生出生的国家，用于同样的项目。”

汤姆和巴德吃惊地交换了一下眼神。克兰乔维亚！他们政府的一个科学家小组曾试图通过武力和陷阱阻止斯威夫特家的南极钴铁项目！

斯普林·索普先生继续道：“克兰乔维亚政府竭力劝说马莫尔先生，说他们的科学家在海洋研究方面比我们更为先进，甚至送去一卷录像做证明。但是，很不幸，录像送到之前他就去世了。”

汤姆皱起眉头，问：“是你送给我看的那个吗？”

“是的，我们怀疑这是个骗局，企图抢夺这个科学奖项来提高他们国家的声望。作为马莫尔先生遗嘱的执行者，我的团队坚持要亲自去看证据，而不是在录像带上看。但是克兰乔维亚政府拒绝了，这让我们更加怀疑。我们的疑虑被几个科学组织证实了。”

“但是我不明白，我怎么被卷进来了？”汤姆看起来甚为困惑。

斯普林·索普的脸色黯淡下来，“有几个组织在实施这个项目，但目前全都失败了。时间紧迫，现在只剩两个月了。这就是我来找你的原因，我们希望斯威夫特集团能接下这个任务。”

汤姆目瞪口呆。“两个月！时间根本不够，先生，对于这样一个项目。”他在实验室里踱着步子，“现在，斯普林·索普先生，我正被另一个紧急的项目缠得脱不开身。”

律师的脸上写满了失望，说：“你是我们唯一的希望。米克洛斯·马莫尔对克兰乔维亚政府怀有感情。但事实上，这个政府是个残忍的独裁者，没资格接受这个馈赠。除非你们按时建造起水族馆，不然钱就落到他们手里了。”

汤姆沉默了几分钟，然后说：“好吧，先生，我会尽力而为，但是我不敢给你任何明确的保证。”

斯普林·索普露出笑容，伸出他的手，说：“你的尽力对我们来说已经足够好了！”

律师刚走电话就响了起来。汤姆接听。当哈伦·艾姆斯焦急的声音从电话里传出来的时候，他被惊呆了。

“汤姆，恐怕我们集团里出了内奸！”

第十章 空中的脸

“内奸？”汤姆喊道，“哈伦，是谁？”

“是来我们这里借用你太空探测器的政府科学家中的一个，埃尔罗·克雷。”

汤姆被这个消息惊呆了。“我不信。”他说，“每个人在政府接受了安全调查，而且我之前见过克雷，就在火箭发射基地下面。”

“他们就是在那里查出是他的。”艾姆斯冷冷地说。

“在火箭发射基地？”

“是的，一架火箭导航装置被盗了，调查局就此事调查了一个月，今天早上他们逮捕了买走它的间谍，他正千方百计地把它偷运出国，然后越过边界。”

“他们知道他的身份吗？”汤姆问。

“他的名字叫作托凡。”艾姆斯回答，“而且他们认为他是一个克兰乔维亚的国民。”

“你刚才说他是那个设备的买家。”汤姆打断他，“他从谁的手里买来的。”

“埃尔罗·克雷，调查局从托凡身上发现了某种迹象，至少能确定是克雷。但他们还没掌握到确凿的证据，韦斯·诺里斯只是打电话要我们严密监视克雷。”

诺里斯是一名调查局特工，是斯威夫特家的老朋友。

“韦斯会在一个小时之内到达这里。”艾姆斯说。

“再见！这会很糟糕，哈伦。”汤姆说，“克雷能够看到这里所发生的一切。”

所有四个政府科学家都可以或多或少地自由使用试验站。自从飞碟消失后，他们就待在集团的天文台希望能探明未知太空飞船的方位。

“你父亲刚好在午饭前离开去参加那个仿生会议。”艾姆斯说，“所以我们必须得自己应付。”

“克雷在工厂吗？”

“不，他今天还没有露面呢。我知道这几个观察家是轮流使用太空探测器。现在是贝母勒博士在天文台。也许我们可以过去跟他谈谈。”

“就这么定了。我们在那里会面，哈伦。”

告诉巴德发生的事情后，汤姆跳上工厂的一台喷气摩托车，向主楼飞驰而去。

艾姆斯到达后他们乘电梯上了屋顶。

“从中午到现在我一直在等克雷先生。”贝母勒博士告诉他们，“他本应在十二点的时候跟我换班的。”

“十二点！”汤姆重复道，看了眼他的表，“这么说他迟了将近两个小时。”

“是的，确实是这样。”贝母勒说，“不过我不介意。这让我能多用会儿你的太空探测器，汤姆。这台天文研究仪器真是太奇妙了。”

贝母勒解释他们每个政府观察员都是轮班监视飞碟四个小时的。汤姆和艾姆斯不安地对望一眼。

“如果克雷是中午值班，那么他就必须得在半夜离开天文台。”汤姆说，“对吗？”

“是的。”贝母勒博士说，“他昨晚八点跟我换班，然后林斯基教授从半夜值班到早上四点。”

天文学家注意到汤姆和艾姆斯焦虑的脸色后警觉起来。“先生们，发生什么事了吗？别说是克雷失踪了！”

“我们还不知道，不过最好能把他找出来。”艾姆斯冷冷地说。

他走过去拿起电话往肖普顿的宾馆拨号，四位政府科学家暂住在那里。

“克雷先生的房间没有人接听。”铃声响后接线员回报说。

“让接待员接电话。”艾姆斯吼道。

接待员说克雷的房间钥匙在柜台后边的槽里面，但是他不记得曾看到过他出去。

“林斯基教授或哈福德先生在宾馆吗？”汤姆问。

“在，我刚在走廊看到他们。”

“请让他们接电话。”

林斯基很快上线了。“没，我今天一整天都没看到过埃尔罗·克雷。”他告诉艾姆斯，“我和哈福德还以为他会跟我们一起用早餐，结果他没来。”

“你昨晚在天文台看到他了吗？”

“是的，半夜我去天文台接他班儿，不一会儿他就走了。为什么问我这个？希望不是出事儿了。”

“我也希望。”艾姆斯说，“但我们找不到他，你最好让那个经理去检查一下他的房间。”

十分钟后，宾馆经理打回电话：“克雷先生的行李在他的房间，但是服务生告诉我，她进来打扫房间的时候发现他的床没有睡过。”

汤姆皱着眉头梳理这些消息：“如果他昨晚没有回来过的话，我们应该能确定他现在已经不在大院了。”

“我去跟门卫查一下他的记录。”艾姆斯说。

跟门卫打过电话后，艾姆斯回报道：“好吧，他确实走了。根据那天晚上的出入登记，克雷是在半夜12：50分的时候离开的。”

汤姆忧心忡忡地来回踱步。“如果克雷在海角偷走了火箭导航设备，现在调查局刚要收网他就逃走了，不是很奇怪吗？”汤姆分析道，“一定是有人向他泄密，哈伦。”

“但是谁呢？”

汤姆拿起电话，拨通接线员：“你能告诉我昨晚是否有长途电话打到工厂吗？”

“请稍等。”接线员的声音就传回来，“是的，先生。昨天11：15分的时候有个从佛罗里达来的电话，找埃尔罗·克雷先生的。”

“看，这就是我们的答案，哈伦。”汤姆挂掉电话后说，“托凡很有可能打电话警告他，说他们现在处境危险。”

艾姆斯的脸上满是愤怒，同意道：“果不其然，克雷继续待在天文台值完自己剩下的四个小时的班，所以他没有引起任何怀疑。”

“慢着，哈伦！你不是告诉我们林斯基教授说克雷是在午夜过后不久离开天文台的吗？”

“是啊，怎么了？”

汤姆说：“但是直到12：50他才离开集团，为什么他去正门用了这么久的时间？”

艾姆斯若有所思地皱起眉，说：“你说的有道理，他一定在这段时间里做了什么手脚，我得去查出来。”

与此同时，汤姆也忙不迭地到斯威夫特的办公室去了，他用电子钥匙一个一个打开装有机密文件的抽屉。他或他父亲的发明蓝图都没有丢，他们隔间的实验室也同样没有被偷的迹象。

这时，调查局特工诺里斯到达了集团，年轻的发明家感到安心了不少。他在保卫处坐下来和艾姆斯、诺里斯一起开了个会。

“那个，我查探到克雷昨晚离开天文台后的行踪了。”艾姆斯开始说，“他去了太空通信站。”

汤姆凝眉道：“去干什么？”

“他和那里的晚间操作员聊了会儿天。”艾姆斯说，“而且非常随意地问起你的太空朋友有没有发来更多的信息，然后在操作员去主楼倒咖啡的时候，他提出照看这里。所以他在实验室单独待了15分钟。”

“那么短的时间，他不能做什么吧，能吗？”韦斯·诺里斯询问道。

“如果他带着照相机，那他就可以。”艾姆斯低声说道。

“天哪！”汤姆大喊，“我的太空代码大脑的电路图的复印件在那里，还有编程指导手册。”

听到这里，艾姆斯抓起电话打给太空通信实验室。

他刚挂掉电话，脸色就阴沉起来：“电路图和指导手册都不见了！”

诺里斯立即打电话报警，要求调查局和其他执法机构撒网追捕逃跑的工程师。不到一个小时，他就来汇报结果了。

“克雷乘上一辆去往X城的巴士，在凌晨两点的时候经过肖普顿。他在X城港务局码头下车。在那里，线索就断了。”

“你们觉着他会想方设法逃出A国去吗？”汤姆问。

“也许吧。”诺里斯说，“在外国领事馆的帮助下，他甚至可能已经做到这一点了。不过，有我们设置的预防措施，他也不那么容易能跑掉。”

汤姆撇开烦恼，在接下来的日子里拼命地投入到他的地下挖掘机的工作里去了。全面的模型设计初步完成，各个系统的工程师们也被分派开发其他部分。技术人员和工人们都被安排24小时轮班。为了潜艇的驱动，汤姆改编了水力喷气机，那是他为喷气式潜艇发明的。跟潜水直升机一样，飞船也配备了爬行履带。

克雷逃走一周后的周六早上，巴德从天文台给他打来电话。

“快到我这儿来，汤姆！”他大叫，“你永远不会相信我在太空探测器上看见了什么！”

“是什么？”汤姆询问。

“你过来自己看！伙计，它简直太妙了！”

汤姆冲出去开吉普，几分钟后大步进入天文台圆顶。“好了，我来了。”他说，“你到底为什么这么激动？”

巴德疯狂地向他招手，叫他到太空观测器前面来：“快看！”

汤姆盯着探测器的屏幕，呼吸变得急促起来。

一张诡异的脸，就像是F岛上诡异的石头雕像一样，正飘浮在空中！

第十一章 空中的水蝙蝠

汤姆不敢相信自己的眼睛，继续吃惊地盯着显微镜里的奇观。那诡异的脸看起来就像是在云朵里飞舞！

“太疯狂了，巴德！我们一定是看到了某种海市蜃楼！”汤姆瞥了眼探测器操纵台上的刻度盘，“从距离来判断，这张脸一定就在集团外面的墙上！”

汤姆突然觉得可疑，调整图像范围，缩小特写，露出更多背景的天空。现在他可以看见那张脸的下颌挂着一个破布打结做成的燕尾，还有一条紧绷的线延伸到下面。

“你个白痴！”汤姆情绪爆发，“那是个风筝！”

巴德笑得更加厉害，“好吧，好吧，我承认。你只要稍微把角度调低一点，就能更清楚地看到那个风筝的尾巴。”

汤姆照做了，结果看到打着结的布条尾部有一张白色的海报在空中飞扬，上面好像印着黑色的字母。汤姆放大图案，拉近焦距，那些字母变得清晰起来：

亲爱的斯威夫特教授：

离开你的实验室，跟我们一起去河边野餐怎么样？

桑迪和菲利斯

汤姆一边读一边咯咯咯地笑，很快就和巴德一样开怀大笑起来：“伙计，真难为她们能想出这么个法子！不过我猜是我们疏忽这两位女生了。”

桑迪·斯威夫特是汤姆17岁的妹妹。她和她的同学菲利斯·牛顿经常能把两个男孩从集团的工作里撬出来，进行双人约会。

“你从哪里得出是‘我们’？”巴德反驳道，“我可从来没有忽略过桑迪。你才是那个难相处的人！”

“好吧，我承认是我不对，行了吧。”汤姆服软。

“算了，那现在怎么办？”

“我绝对不会拒绝那样的一个空中邀约。”

“太好了！”巴德拍了拍同伴的肩，“在你变卦之前我们赶紧走吧！待会儿让你见识一下我给咱们新编的水上运动！”

巴德离开天文台之前，啪的一声打开发报机的一台小步话机。“做得好，女生们！钓鱼成功！”他说，“你们现在可以把线卷回去了。”

“拜托！不要把我的约会对象叫成一条鱼！”传回菲利斯的嘤嘤笑声。

“为什么？在我认识他之前，他简直是条飞鱼！咱们五分钟之后见！通话完毕。”

汤姆有点迷惑地咧嘴笑着，两个男孩在实验室相邻的公寓里梳洗一番，穿上运动外套。然后他们赶到了集团的停车场，那里停着巴德光滑锃亮的红色敞篷车。一分钟之后，它就轰鸣着出了大门。

巴德开着车掠过高墙围建的实验站，在集团南端的高速公路对面，两个女孩坐在草坪的斜坡上等着他俩。她们穿着浅色的夏裙，头发在微风中飞扬，万分妩媚。

巴德在路肩停下车，这时，性格活泼的金发女孩桑迪朝他们喊道："我们的F岛风筝怎么办？"

"太大了，后备厢放不下，就把它留在这儿吧。"巴德回答，"我已经安排了一辆工厂的小货车来这里把它运回去。"

女孩们从坡上跑下来，上了车。菲利斯有一头乌黑的秀发和一双水汪汪的棕色眼眸，她是奈德·牛顿叔叔的女儿。牛顿叔叔是老汤姆的一位挚交好友，如今在肖普顿管理斯威夫特工程公司。

"简直不敢相信我们竟然能把你拐出来，教授！"她开心地跟汤姆说。

红色的敞篷车飞驰在高速路上，巴德拐上了去往卡罗帕湖的一条道。他们到达海滩后，发现到处都是色彩绚丽的遮阳伞和晒着日光浴的人。

巴德把车停在公共停车场，打开后备厢取出他们的泳衣。汤姆忍不住打开野餐盒的盖子，偷瞄里面美味诱人的午餐。

“把手拿开！”桑迪嗔道，开玩笑地在他手腕上轻拍了一下，“现在还不到吃饭的时间呢，我们先游泳，增强食欲。”

“我已经食欲大开了。”汤姆抗议，“那只白切鸡看起来美味极了。”

桑迪笑盈盈地说：“我敢打赌如果你见识过巴德的两个惊喜，你的胃口会更好。”

“两个惊喜？”汤姆向巴德投去询问的目光。

“别急，哥们儿。”巴德说，“我们先去换衣服。”

男生们穿好泳衣从更衣室出来后，巴德带路去了附近的一个船舱。到了里面，他骄傲地朝着一艘外形时髦，玻璃纤维船体，装有环绕式挡风玻璃的快艇指了指，快艇的座舱里有蓝色的靠垫座椅。

“你看怎么样？”

“你的意思是这快艇是你的？”汤姆又是惊讶又是羡慕。

“你说呢！我给它取名叫‘蓝眼闪电’！”

“让我猜猜是以谁命名的？”汤姆笑着说，他想到了桑迪的蓝色眼睛，“伙计，这太棒了，巴德！”

他正要爬到船里去，巴德拽住了他的胳膊，“等下，哥们儿，你还没注意到我的第二个惊喜呢。”

巴德指着快艇旁边靠在墙上的一个巨大的像风筝似的物体，汤姆的眉毛都快炸开了。那个物体上面有红白相间的条纹状的帆布，和一个金属软管制成的突出框架。

“哇哦！”汤姆惊呼，“一个水上风筝！”

巴德兴奋地笑着，说：“我从佛罗里达买来的，汤姆，这肯定是你试过的最能像鸟一样飞翔的东西。”

男孩们开着快艇驶出船舱，汤姆握着“闪电”的方向盘，巴德则在舷上把着风筝。他们砰砰砰地驶向浴滩，那儿正等着两个女孩儿。他们把快艇停在浅水处，然后涉水上岸。汤姆扛着拖绳和一副巴德放在船上的滑水橇。

桑迪和菲利斯热情地迎上他们。巴德说：“你们来帮我扶着点风筝好吗？拜托啦。”

她们扶好风筝后，巴德把安全带在自己的右腿上绑了一圈，然后转向汤姆：“我要第一个上演空中飞人，接着你来。”

“现在我明白为什么桑迪劝我别急着吃饭了。”汤姆满脸狡黠。

“比起你在外太空的那些精彩杂技，这根本吓不到你。”桑迪大笑着说。

巴德点点头，把脚伸进水橇里，说：“当然，小菜一碟。”

“他只不过是整个礼拜都在练习而已！”菲利斯回嘴道。

巴德咯咯地笑着，把绳索牢牢地系在风筝的安全带上。汤姆和女孩们游到快艇上，快速地把绳子系在船尾的缆扣上，然后把风筝举过头顶，让它的横杆逆着风向。

“好了，让它飞起来吧！”他大叫。

“蓝眼闪电”缓缓出发，绳子越拉越紧。然后汤姆发动引擎，巴德嗖嗖前进着，直到他的水橇在湍急的浪花里掠过水面。

随着闪电不断加速，巴德慢慢升起来了，越来越高！他双手紧紧抓着胀得鼓鼓的风筝，直直飞往高处。游泳的人们和沙滩边上的观众们都发出了激动的尖叫声和喝彩声。

“哦！我真好奇飞那么高是什么感觉。”菲利斯屏住呼吸小声道。

汤姆扭过肩膀看了一眼说：“就像踩着雪橇跳了起来，却不会落地！”

快艇绕着湖转了一圈，然后返回沙滩。随着汤姆降低速度，巴德缓缓下降，很快就又滑行在水面上了。

“哥们儿，真是太棒了！”飞行结束后，巴德大喊，“该你了，汤姆！”

年轻的发明家涉水上岸，一边听着巴德的指导，一边让巴德帮他把安全带系好。然后汤姆穿上水橇，抓紧风筝，巴德游回艇上握好方向盘。

快艇一出发，汤姆就立马感到风筝在往上拽他，迎风气流刮着他的脸。突然他就打着弧儿升了起来，升到海浪上空，汤姆得意地笑起来。

“原来像鸟一样飞翔就是这种感觉。”他想。很快，快艇就远远地落在了下面，他飞着穿过大气！“伙计，如果我的手臂能坚持住，我真想就这样飞一整天！”

突然，一声巨大的爆破声响起，听起来像是步枪射击发出的声音，一截缆绳返啪地劈向汤姆的脸！

拖绳断了！

恐惧袭向汤姆，他已经感觉到风筝不再拽着他。他拼命保持冷静，也许他可以滑下去缓缓着落到水中。尽管汤姆可以左右摇摆着风筝，但没有办法控制它的纵轴，在他跌下去的时候，横杆只是在他手里不停地旋转。

“太绝望了！”汤姆想，“如果我和风筝一起跌到水里，我肯定得骨折！”

他踢脱水橇，解开安全带，下一秒就坠入湖中！

快艇上的桑迪和菲利斯无助害怕地凝视着。汤姆扑通一声掉进水里的时候，岸上的人群中传来声声尖叫。风筝晃晃悠悠地飘过，缓缓地掉了下来。

巴德苍白的脸上挂满了对朋友的担心。他驾着快艇绕着大弧折回来援助汤姆。

“我看不到他！”菲利斯哭着说，“他一定受伤了！”

“他在那儿！”桑迪喊道。

汤姆的脑袋露出来了！他无力地拍打着水花，勉强没有沉下去，很明显他有麻烦了。

“过来开船，桑迪！”巴德高声喊道。他自己从边上跳入

水中，几下猛划，就到了汤姆跟前。

“振作点，伙计！我在这呢！”

汤姆目光呆滞、痉挛着、咳着水，巴德抓着他的下巴往“闪电”那边游回去的时候，他没有任何反抗。女孩们帮着把汤姆拖上船，汤姆浑身酸软无力，睁不开眼睛。

“从空中掉落下来肯定让他受惊不少。”巴德说着爬上船，“他一定重重地摔到水里了。”

桑迪驾船驶向海滩。一个救生人员跑过来帮助他们把汤姆抬上岸，这时，游泳的人和观望的人都聚了过来。

“我已经给救护车打电话了！”一个男人喊道。

汤姆被轻轻地放到沙地上。救生员查看汤姆的情况，桑迪和菲利斯都忐忑不安。

“他的脉搏和呼吸都正常。”救生员报告道，“我们最好给他盖条毯子，等医生来。”

“哦！巴德，你觉得他会没事吗？”菲利斯开口问道。

巴德没有回答。相反，没等女孩上来阻拦，他已经飞奔着窜出人群。

第十二章 可疑的陌生人

“巴德！你去哪儿？”菲利斯喊道。两个女孩盯着他离去的背影满是惊讶，但结实的年轻人转眼就消失在围观的人群里。

“你说他为什么在这时候跑开？”菲利斯不安地问桑迪。

“我不知道。”汤姆的妹妹回答，她的声音像快要哭出来了。

女孩们看着汤姆，期待着他能有恢复意识的迹象，但是他始终没有动一下。

很快，远处传来了呼啸的警报声，一辆救护车停到了海滩边的公路上。一个穿着白色制服的实习医生从车上跳下来，同时两名医务人员急匆匆地从车上卸下担架。桑迪和菲利斯在一边跟医生说明情况，那名医生打开自己的药箱开始仔细地检查汤姆的情况。

“据我看来，没有骨折。不过他可能别处受伤了。”实习医生站起来，对两个医务人员说，“好了，你们把他抬上救护车。”

汤姆正被抬上担架的时候，巴德跑回来了。

“你去哪里了？”桑迪问。

“我过会儿再解释，汤姆呢？”

“医生也没看出什么。”

巴德万分担忧地看着他的伙伴被抬进救护车，然后告诉桑迪和菲利斯：“把衣服换了，我们开车去医院。”

离开沙滩之前，桑迪给父母打了个电话。同时，巴德把“闪电”和风筝送回船舱。当他们坐着红色跑车在路上奔驰时，菲利斯说：“你还没告诉我们你去了哪里。”

“我去追一个人，但是我没逮到他。”

桑迪疑惑地看着巴德，问：“什么人？”

“也许你们没有注意到。”巴德说，“但是我们的船搁浅在沙滩后，拖绳的末端被水冲上来，我看见这个人捡起它仔细地检查了一遍。”

“这有什么奇怪的吗？”菲利斯问，疑惑不解。

“也许有，如果拖绳断开不是意外呢？”

两个女孩都震惊了，桑迪说：“你是什么意思，巴德？”

他不安地耸耸肩，说：“如果是那个男人搞断了拖绳，他肯定要回来检查一下，确保没留下证据。另外，他的脸看起来很面熟，我想我之前肯定在哪里见过他。”

“哪里？”菲利斯问。

“在沙滩上，昨天下午，我们正讨论让汤姆试试这个风筝的时候。我之前肯定在哪里见过他，但是我想不起来了。无论如何，当我去追他的时候，他就迅速跑起来，加倍的速度！”

巴德和女孩们到达肖普顿医院不久，斯威夫特夫妇也赶来了。汤姆醒了过来，正在进行全面检查，包括照X光。除了掉到水里有几处撞伤，别的没有什么大碍。但是，主治医生规定周末必须在床上休息，不能出院。

周日下午，桑迪、菲利斯和巴德三个人来看望年轻的发明家。他们发现他正倚着枕头，拿着笔在纸上写写画画，很是忙碌。床上撒满了图纸和计算的草稿。

“现在看看这里，亲爱的哥哥。”桑迪说，“我想你该休息一下了！”

汤姆咧嘴笑了，就像是偷吃糖果被逮到的小男孩一样。“好吧，我就是在休息呢，在设计凿岩机的工作里休息。”

“你在板上画的是什么，教授？”巴德问。

“那个斯普林·索普的深海水族馆。”

巴德和女孩们好奇地聚过来，汤姆开始讲解他的发明。设计的水族馆包括一个巨大的圆柱形钢槽，里面是一个窄点儿的玻璃圆柱，两端分别安装了一个短的台阶。

“参观者可以步行穿过玻璃圆柱。”汤姆说，“这能提供一个全视角的窗口观看鱼类。”

他补充道：“槽里的水会被灌注在筒壁之间的空间里，并给不同深度的鱼类划分出隔间来。”

“哦！多么激动人心！”菲利斯惊呼，“这就像是在海底观光游览。”

汤姆点头，说：“如果鱼类的自然光亮不能穿透灌注在水槽里的黑色深海海水，我们可能得用深蓝色的灯光。”

“你能制造出承受这些压力的玻璃圆柱吗？”

“我认为我的新玻璃公式能派上用场，但是我还得在实验室验证这个计算。当然，循环泵、过滤器和氧喷射系统会有点复杂。”汤姆突然注意到巴德带进屋里的一个大的柳条篮，“里面是什么，你要洗的衣服吗？”

“你在开玩笑吗？”巴德说，“这是你昨天错过的便当！”

桑迪揭开篮子，里面有一系列诱人的三明治、冷鸡、泡菜、煮鸡蛋、巧克力蛋糕。

汤姆饥渴地舔舔自己的嘴唇，说：“正是我想吃的！把这些纸拿开，巴德，让我们开始吧！”

女孩们咯咯地笑着，摆出一桌野餐盛宴来。四个人吃饭的间隙，桑迪说：“汤姆，爸爸叫我告诉你他已经开始翻译你从F岛带回来的圣石了。”

“有什么进展吗？”汤姆问。

“有啊，他说这种太空符号确实提供了一些线索。从他已经破译出的内容看，这块石头讲述了一个沉没到海洋里的大陆的事情。爸爸认为它也许就是利莫里亚大陆。”

“利莫里亚？”巴德困惑地皱起眉头重复道。

“它是一个传说中的大陆。”汤姆解释，“有点像亚特兰蒂斯，那块圣石的翻译将会是第一个证明利莫里亚存在过的确凿证据。”

小组开始讨论有关沙漠的那些有趣而古老的谜团，然后巴德提到他对风筝拖绳事故的怀疑。

“你说得对，那可能不是事故。”汤姆说，“我也在想这件事。”

“但是它怎么做到的？”巴德愁眉不展，“首先我认为拖绳可能被涂上了某种化学物品，能慢慢把一股股的线绳腐蚀断，但是整个事件的时间都很紧凑，直到你飞上天。”

“恩，那是条大约有11厘米的绳子，对吗？”汤姆问。

“是的，聚乙烯纤维3/8。”

“好的，假设你看见的这个人在周五晚上进入船舱。”汤姆分析道，“他可以在缆绳的其他股里挖一个小洞，只要足够让一个微型无线电接收器钩住一个爆破囊。这也许极其困难，但用微型电路装置是可以做到的。”

巴德的眼睛瞪得大大的。“我知道了！他站在沙滩上兜里揣着发射器，然后在你飞到空中的一瞬间，他发射信号，点爆了爆破囊！”

桑迪和菲利斯都惊骇万分。菲利斯问："你有没有再想想为什么这个男人如此面熟？"

"我保证我见过，汤姆。我确定我看见过这个男人在我们费林岛的船员们经常在芬伍德吃的一家餐馆附近晃晃悠悠，这就是为什么那天我在沙滩上能注意到他的原因。"

"你告诉艾姆斯了吗？"汤姆问。

"是的，他说会全力追踪他。"

汤姆惊恐地喘了口气，说："巴德，这件事也许跟'猎鱼者号'遭劫持的事情有关！这个人或许一直在附近转悠，打听它下次航行的消息。"

桑迪一边收拾野餐篮，一边用询问的眼神看着两个男孩。"这给出你确定他身份的线索了吗？"

"我根本就不知道！"巴德说，"一个人偷了你最新喷气式潜艇的计划书，然后试图将你杀害，汤姆，这些能说明什么？"

"仅仅是猜测，我觉得他也许是个克兰乔维亚的特工。"汤姆推测道，"而且整起事件可能与马莫尔的遗产有关。"

"为什么？"

"很简单。第一，他们需要掌握让潜水艇潜得足够深，能逮到那些水族生物的技术。第二，马莫尔的法律团给我提供了一个用这笔钱完成这个任务的机会，所以克兰乔维亚必须想办法除掉我，以确保这项殊荣属于他们国家。"

“我同意！可怜的海豹！这就说通了。”巴德叫道，“我去告诉艾姆斯。”

第二天早晨，汤姆返回试验站与艾姆斯仔细复查了一遍他的水族馆计划,说：“你马上负责这个工作，可以吗？亚弗。”

汉森吹了声低低的口哨：“哥们儿，这些高压连接图是个重大的工作，我会立即投入的，机长。”

汤姆又埋头到地下挖掘机的工作里去了。在接下来的日子里，那个木头模型慢慢转变成了一个可全方位操作的强力耐热钛钢合金模型。它由石棉材料层和一种神奇的塑料——托马塞特制成，年轻的发明家将其用于他的太空飞船和潜艇上隔绝起来。

“我们需要它的每一寸都要隔热，如果这挖掘机接近地球的地幔。”汤姆和巴德检查完成的机器时说，“每下降30米尺，温度增加约一摄氏度。”

“你给这玩意命名了吗？”巴德问。

“是的，我叫它‘土地掘进机’，来自希腊单词‘地’，意思是‘土地’，正如‘地质学’。这个模型为‘马克一号’。”

巴德露齿而笑，说：“对我来说，它就是个移动凿岩机。”他注意到在流线型车头的中间部分有一圈狭窄的缝，“这是干什么用的？”

“土地掘进机事实上有两个隔开的船舱，在头部和尾部，联在一起就像套筒绕着个短小的中心柱。”汤姆解释，“万一哪一头遇到什么麻烦，另一个船舱可以单独升到表面。”

“就像一个被切断的毛毛虫，嗯？”

“对了，上面有两个动力单元和两套独立的操作装置，每个船舱一个，而且你会发现用于地面爬行的履带也是两个部分。”

第二天一早，土地掘进机就被装上一辆巨大的拖车，盖上柏油帆布，朝东被运往大西洋海岸。随行的是集团的首席工程师和故障维修总管汉克·斯特林，他有一头金发，肌肉结实。汤姆和巴德开车过去。

一块荒芜的海滩被选为土地掘进机第一次测试的出发点。当他们到达的时候，拖车被停在靠近水的沙地里。两个男生爬上拖车，放下斜板。汤姆按下隐蔽的开关后，土地掘进机的两个船体就开始慢慢地分离开来。

“祝你们好运！”汉克喊道。

“谢谢！”汤姆向拖车司机挥手致意，巴德喊着，“为我们祷告吧！”

进入中心圆筒的舱口后，男孩们穿过了一个气密门通道，进入前边面向海水的隔间。这里有各种机械和电子装备，他们坐到控制器前，从船舱狭窄的视图窗格里看出去。

汤姆的心“咚咚咚”地跳着，他激动不已地看向巴德。“准备好了吗？”

“一切就绪，机长！我们出发吧！”

第十三章 凿岩机试航

打开土地掘进机的原子能反应器，它就“嗡嗡嗡”地响起来，发出巨大的能量。然后汤姆推动手柄操作爬行履带。

巨大的机器轰隆隆地慢慢行过剩下的沙滩，一寸寸地挪进海里。当海水漫过船舱窗格时，汤姆把履带收回到船体，让船在海浪里漂浮。

“所以这个掘进机有正浮力，嗯？”巴德问。

“只是近似，它的浮力几乎是中性的。”汤姆解释道，“我是依靠我们下行的斥力装置作为主要推力，如果我们必须从底部离开，然后匆忙返回地表。”

汤姆一边说，一边移动另一个控制杆，导致艏水平舵从船体里切割出来。它转起来，抽起一大波水，通过喷气驱动推动掘进机前进。当土地掘进机稳稳地滑行在海里时，汤姆满意地笑了笑。

巴德吹了声口哨，说：“7千米每小时——不错！”

“如果全力开进的话，它会更快，但是这次运行我不追求速度。”

男孩们一离岸，汤姆就用回声测深仪测试深度。刻度慢慢增加到30米。

“够远了。”年轻的发明家说，“下沉吧。”

他的手在操纵台上灵敏地动着，轻按继动器的开关，打开压载舱。随着他们慢慢被海水淹没，他把潜水机沉下去，并把掌舵器升上来。土地掘进机向海底猛冲过去。

巴德忙着学习怎样操作，在他们穿过绿色海水的时候，连外面的海洋生物都无暇观赏。他们很快就到达了海底，被包围在缤纷的水下植物、软体动物、海葵和海绵之间。

“正式测验现在开始！”汤姆缩回艏水平舵，朝着巴德紧张地笑了笑，“准备好像泥狗一样了吗，伙计？”

“准备好了，好像我本来就是一只泥狗！但先帮我检查一下这些斥力操纵装置。”

“他们其实是由电脑控制的，所以驾驶员的工作十分简单。”汤姆解释说，“整个船体上总共间隔排列了六十四个单独的斥力装置散热器。对于一个稳定的航程，只需要设置好罗盘航向，在刻度盘上设好高角和低气压的值就行了。计算机从那里接管和激活适当的斥力装置，或者你根据‘使用指南’轻触这些操作按钮，你就可以直接用方向盘掌舵了。”

“听起来轻而易举啊！”巴德欢呼道，“只有这些吗？”

“只有这些，要开始了，我们以60度角朝下掘进，直接向前。系好安全带了吗？”

“好了，机长！”

“OK，出发！”汤姆设置好刻度，开启斥力装置的动力电源。

土地掘进机的船尾慢慢斜在上面，作为斥力装置的传动杆推动机器向海床挺进，并使其倾向于一个合适的角度。男孩们的斗式座椅由万向架固定，旋转着保持水平。汤姆加大马力，掘进机轰鸣着向下钻进了沉积物里。

就像一只巨大的海蠕虫，土地掘进机用“鼻子”探着路钻过淤泥。当船舱的隔窗被遮盖住的时候，巴德紧张地深吸了一口气。最后一抹太阳的光线消失之前，汤姆打开了隔间的灯。

“哥们儿，这里深得可怕。”巴德用一种空洞的声音幽幽地低语道，“我们真的是正在去一个人类从没有去过的地方。”

“是的，巴德，但是一个地质学家可以从我们正在看到的这些解读出几个世纪的海洋历史。”汤姆指着钙化层的海洋生物、贝壳和其他从他们的窗口掠过的沉积物。

一层涂着高度透明石油的薄膜环绕着覆盖在窗格上，防止磨损石英玻璃，但这并不妨碍其能见度。他们不时能清楚地看到有趣的生物化石。

“我们现在的速度是多少，汤姆？”

“大约3千米每小时。”

掘进机越深入紧密结实的海底底层，速度越慢。汤姆转换成“人工操作”，亲自掌舵。几分钟后，土地掘进机开始不规则地左右摇摆起来。

“咳！慢点，机长！”巴德说，“你想让我晕船吗？”

“我自己都快吐了。”汤姆回嘴道，“看来这个宝贝需要安装一个回转稳定器。”

通过调整动力和灵活掌舵，汤姆终于将土地掘进机保持在一个稳定的角度。当他们沉到海床下24米的深度，他将掘进机趋平，慢慢返回海岸。一个小时候后，他看了眼惯性导航的刻度。

“想上去呼吸新鲜空气吗，飞行员？”

巴德点点头，勉强挤出一个微笑，说：“其实我不在意，在这只蠕虫里面下沉到这里真是太棒了，但是我有点幽闭恐惧症，我们还在海里吗？”

“是的，很快就达到海岸了。”汤姆回去操纵舵盘，让土地掘进机斜着上升。

经过漫长的攀爬，他又开始趋平。男孩们看到视窗外的物质渐渐地从海底淤泥变向海沙。突然，一道刺目的阳光射了进来。

“我们返回沙滩了！”巴德欢呼道。

“还有个目击者。”汤姆停住土地掘进机。

正前方沙滩上方的一个树木繁多的山坡上有几个人。他们正在树丛里或跪着或蹲着，而且都拿着望远镜。

“我打赌他们是野鸟观察者。”巴德说。

一个中年女人，指着土地掘进机开始疯狂地打手势。其他人都目瞪口呆地望着掘进机不停地眨眼睛。

“我们给了他们一个新发现，一只巨大的玻璃眼球铁嘴鹬。”巴德大笑起来。

队里的一个男人捡起一根粗棍子，激烈地挥舞着。另一个人掰下一根粗粗的树枝，女人们尖叫着退后。

“好家伙，他们肯定准备好攻击我们了！”汤姆说，“我们最好从地下遁走。”

汤姆笑着摇了摇头，他扭转土地掘进机方向，然后巨大的“针尖鼻子”机器就没入地里。

当在地表下面安全以后，巴德问：“现在怎么办，凿岩机小子？”

汤姆铺开一张区域地形图。“嗯，在深入海底下面之前，我想在石质土里测试一下这个发明。”他说，“这附近是森林公园，我想我们能在它下面直接前往那个山丘。”

巴德点着头赞同，汤姆开动土地掘进机。掘进机稳稳地楔入地下6米。大约行了2.4千米，他们就到了山丘近处。

“要一直沿着这个路线在山下前进吗？”

汤姆摇摇头，说：“我们在这里最好不要太深，直到确定他在岩石里运转如何。我不想深入整个山丘下面，以防出现什么意外。”

汤姆拉回舵盘，将土地掘进机的“鼻子”倾斜，沿着山坡向上行去。他们的速度慢下来。

“这么多岩石，好吧。”巴德看到这些石质土辗压过他们的隔窗，喃喃道。

“我们正在进入花岗岩。”汤姆小心翼翼地加大斥力装置的马力，掘进机也更快地前进。

突然，他们听到一阵沉闷的隆隆声。刺耳的震动摇晃着土地掘进机，岩石快速地从隔窗前滑过。

“发生什么了？”巴德紧张地问道，“有人在附近爆破炸药了吗？”

“比那个更糟糕。”汤姆说，“这是地下岩滑！”

他话音刚落，土地掘进机就咚的一声停住了。汤姆给斥力装置加足马力。巨大的机器奋力推开周围的巨石时发出可怕的咯吱咯吱的金属声，但土地掘进机还是没有动。

巴德向他的同伴投去惊恐的表情。“汤姆，我们被困在地底下了！”他喘着气说。

第十四章 地下的尖叫声

“是的，我们被困住了。”汤姆冷冷地承认，“不过我有办法能让咱们出去。”

“什么办法？”巴德急切地问道。

“我们可以先呼救。”

“你在开玩笑吗，汤姆？在这些石头里面我们怎么可能发出无线信号呢？”

年轻的发明家没有回答。他解开安全带，手摸索着倾斜的甲板往隔间后方走去。

他拿起一把扳手，松开船体上部的一个5厘米的塞子。接着，他半展开一根厚厚的塑料软管，和一个从尾端粘起来大约30厘米长的金属圆筒。这个圆筒焊接在一个高速强钻头上，上面有小小的齿轮，沿着整段圆筒凸伸出来。

“你打算用它钻透上面的地表吗？”巴德问道，他在一边看得入了迷。

“是的，在圆筒里面有一个发动机可以让钻头旋转起来，而且这些小齿轮能驱动它的上身。还有一个小陀螺，可以让它一直瞄着同一个方向。”

汤姆把软管另一端连接着的一根电线插进一个控制箱里，然后打开电源。他用钻头钻出个小洞，然后一直钻着岩石直到钻头嵌入里面。它往上钻的时候，齿轮一直在不停地转动。

“这些岩尘都到哪里去了？”巴德问。

“通过软管下去了。”汤姆把控制开关的功率开到最大，男孩们都焦急地看着软管蛇形上升。汤姆不时地减慢马力给钻头降温。他解释说那根软管是双层的，有一台泵用来循环润滑钻头。控制箱转速表的指针突然摇摆着急剧上升。

“我们打通了！”汤姆把马达调到反方向，软管渐渐回落。

巴德如释重负地笑了笑，“现在怎么办？”

“现在我们制造一个简易天线。”汤姆解开铜丝，在上面涂上铀。当他确定铜线的上端升出地表后，他将天线的另一端附在收音机的插座上。

“OK，巴德。开始发送SOS吧！”

几分钟后传来汉克·斯特林的声音：“卡车呼叫土地掘进机，你们在哪里呢？”

“我们被困在一个山腰下面7.6米的地方。请尽快带一台土地爆破器过来！”巴德读出导航仪上的精确经纬度又加了句，“就找露出地面的一根铜丝！”

“伙计，你们两个可真会给自己找麻烦！”汉克说，“好了，在那别动。”

两个男孩把自己安排得舒舒服服的，还吃了乔打包好的盒饭午餐。不多久汉克就和卡车人员给他们发广播说已经确定了铜天线的位置。过后不久，一架集团的喷气式载货飞机到达了事故地点。工作人员卸下一台原子土壤爆破器，汤姆指挥整个救援过程。

“先钻山坡上远低于我们的地方，然后向上钻。不要让爆破器离我们太近，最多3米，不然它会让土地掘进机比放射性锅炉还要热。”

“你认为那样会降低足够的压强让你逃脱？”汉克问。

“相当肯定。不管怎样，我们先试试。”

几分钟后，汉克发信号说已经钻出隧道，爆破器撤回。男孩们到船尾进入尾舱。汤姆朝反方向设定好控制器，给斥力装置加足马力。他们周围的整座山似乎都紧绷着隆起着。

“我们动了！”巴德喊道。

巨大的电子凿岩机犁穿岩障直至脆断，然后它滑过隧道终于重见天日。

两个男孩一从土地掘进机走出来，汉克和救援人员都欢呼起来。汤姆和巴德羞怯地咧开嘴笑，表达谢意时声音有着微微的颤抖。

“顺便提一下，机长，我跟迪林要土地爆破器的时候让他不要告诉你爸爸。”汉克悄悄地对汤姆说。

“太好了！这样他就不用操心了，汉克。”

那天晚上，巴德和菲利斯都在斯威夫特家吃饭。四个年轻人正看电视的时候，一条惊人的新闻插播进来。

“国防部官员今天早上被吓了一跳。”播音员开始播报，“据报道，桑德木海滩上有地面入侵者。”

新闻播报员播报新闻时，汤姆和巴德龇牙咧嘴地笑着对望一眼。

“本报道来自一个观鸟团队，他们看到一台载着两个生物的巨型钢铁机器，突然把鼻子戳出沙地，然后消失在视野里。警察和海岸警卫队的一个武装小分队前去调查，但没有发现任何证据支持以上说法。同时，观鸟队里的三位女性被确诊为受惊过度。”

男孩们爆发出一阵大笑。

“有什么好笑的？”菲利斯问。

“说不定是一对机器小矮人呢，你说呢，汤姆？”巴德问道。

桑迪突然眼前一亮，说：“菲利斯，这两个地精近在眼前。”汤姆点点头。

第二天午饭时间，巴德在汤姆的实验室找到他，他被一堆新的草图和计算包围着。一个新模型放在他面前的工作台上。

“这是什么，汤姆？”

“一台新的土地掘进机，我觉得我们测试的那台还不够好，不足以胜任去太平洋底部探险的任务。”

新改良的设计造型更加像船，顶部几乎是平的。“这是为了避免我们像上次那样旋转，而且斥力装置也增加了两倍马力，足够在最坚硬的岩石里凿出一条路来。”

“你是说你不会再困住我了吗？”巴德笑着问。

接下来的一个礼拜，亚弗·汉森跟汤姆报告说，深海水族馆渐渐成形。“制造玻璃圆筒比较棘手。”他补充说，“但是它的效果非常棒，我肯定你会顺利完成整个项目的。”

“别太自信，亚弗，时间不多了，进程中任何一个环节出错都会让我们失去机会。”汤姆笑了。

随着土地掘进机工作的顺利进行，汤姆抽出时间设计了两个密封水槽，能将水族生物样本带上地面。其中一个是可拆卸的，以便放进直升机里。“那是我们备用的。”汤姆告诉亚弗。

这些快要完工的时候，“土地掘进机二号”已经准备好接受测验了。

巴德满眼敬畏地看着这台强大的机器湿淋淋地从一个测验水槽里吊起来，然后沉入集团的岩基里。它的船身嵌满了圆盘状的斥力装置散热器的反射镜。

“所以我们就是要开着它钻进太平洋的海底，嗯？”

“我希望如此，如果它能承受住硬岩测试的话。”汤姆回答，“我们刚刚让它经受了在马里亚纳海沟底部11千米深的地方可能会遇到的1.5倍的压力，没有裂缝的痕迹。”

他补充说，这个模型也是由隔离的头舱和尾舱构建而成的，并加上了强有力的起重螺旋，这样就可以手动打开舱门用来应急。“我们明天将把它空运到达科塔的荒地里，在真正的岩石国度里考验它，巴德。”

第二天早上，汤姆的庞然大物“蓝天女王”——一个有三层舱板的飞行实验室和船员从集团出发，飞速往西飞去。快到中午的时候，它降落在南达科他荒地的沟壑和石峰之间。

“真希望我们能在这个赛季的早些时候来。”乔说，“说不定已经飞到贝尔富什看完黑山了。”

“哥们儿。”巴德说，“赛马和地下岩石没有可比性！”

船员们在汉克·斯特林的指挥下，将土地掘进机从飞机上卸下，用过丰盛的午餐后，两个男孩登上了这台地下机器。地下飞船由汤姆掌舵，他将机器倾斜成前端朝下的姿势准备出发。很快，土地掘进机就在动力的推动下稳稳地钻入地下。

他们平稳地前进着，顺利地穿过黏土层、页岩和砂岩。过了不久，速度就慢下来，汤姆加大马力。

“我们现在击中结实的花岗岩了吗？”巴德问道。汤姆简单地点了下头。土地掘进机楔入地下越来越快时，两个男孩都屏住了呼吸。斥力装置突然爆发出一阵剧烈的响动，很快就开辟出一条小路。男孩们靠着回斗式座椅，自信心也一路高涨。

在接下来的两个小时里，他们穿透地基下面的几千米，为土地掘进机的表现激动着，接着，汤姆终于开船返回地表。

“巴德，你没发现我们今天创造了科学历史吗？”他说，“这不仅仅是去一个人类从没去过的地方，我甚至怀疑任何活着的生物都没……”

他的话音淹没在一阵刺耳的爆破声里。两个男孩倒吸一口气，他们的船被向上抛出去，就像一个木塞从瓶子里爆出来那样。

哐啷！上船体重重地撞到岩石上，然后开始颠簸着沉陷下去，最终“砰”的一声在辗压骨骼似的刺耳声响里停了下来。

男孩们在椅子里倚了半晌，身体还在微微摇晃着，脸上都是目瞪口呆的表情。他们努力地整理思绪，恢复理智。不久，巴德讷讷道：“发生什么了？”

“不知道。”汤姆说。他打开土地掘进机的海下光束。

当灯光照出一个巨大的地下深坑时，巴德畏怯地大叫一声。“我们一定是击中了这个地方的顶脊！”他说，“但是它距离我们头顶上方有6米！汤姆，这台机器不能飞吧？它会飞吗？”

“不会，巴德，不过答案听起来甚至更奇怪。你信不信，我们会向上跌下去。”

“向上跌下去？你在开玩笑嘛？”

汤姆摇摇头，说："不，老实说，我听说在南非矿山深处发生过这样的事，岩块上升下降。在特别深的地方遭遇巨大的压力，岩石是有点弹性的，它有少量的弹性。当挖出一条隧道或插进一根杆，一些覆盖着的压力就会一定程度地释放出来，而松懈的岩石就会向上挤压。一些煤矿工人就是这样罹难或受伤的。"

"这怎么解释我们的情况呢？"巴德问道，仍是一头雾水。

"当我们穿透岩层凿出这个洞。"汤姆解释道，"我们顶部的压力突然减小成零，所以下面的压力就会把我们喷射上去，就像岩石从火山里喷发出来一样。我们撞到顶部又跌落下来。"

巴德摇摇头，"哥们儿，这下面真是颠三倒四，混乱不堪。在更疯狂的事故发生前，我们赶紧想办法出去吧。"

但是汤姆发动斥力装置的时候却没有反应。

"斥力装置的发电机坏了。"他低声回答，"肯定是撞击的时候震坏的。"

"我们可能修不好，巴德。"汤姆匆忙地检查了一番装备后，更为担心。

两个男孩检查出更多的损毁之处，试图爬出去查探一下那个大洞。但是船体的两个部分却挪不开。

"液压系统也出故障了。"汤姆说，"我们必须用起重陀螺才行。”

二人费力地拉动起重陀螺的把手，两个隔间终于慢慢地滑开。两个男孩打开舱口，从土地掘进机里出来。他们都带着强力手电筒。

“伙计，多么适合埋葬的地方啊！”巴德咕哝着，他的声音带着诡异的回声。

“这个地穴系统总有机会扩升到地表的。”汤姆说，“我们先四处看看吧。”

地穴大约有30米长，一个末端沿地表向上倾斜着，石壁挤压褶皱成一个窄窄的“烟囱”。

“巴德，我能感觉到一股气流！”汤姆说。

“我这儿也有，但是那个烟囱太陡了，如果不借助登山装备是爬不上去的。你觉得无线信号能传到地表吗？”

汤姆沉思着回答：“不能，但是扩音器能，如果我们能制作出一个足够强力的扩音器的话。”

他们返回土地掘进机。汤姆打开电子备件箱，开始构建一个超高动力的音频放大系统。他从掘穴机上拉出一根缆绳，然后把扩音器放在垂直裂缝的空隙里。然后他和巴德就返回凿岩机。

“最好塞住你的耳朵。”汤姆警告，“这台设备有足够的分贝能把你的脑膜震裂！它输出的分贝绝不仅仅是一台扩音器，它应该是一台阔啸器！”

男孩们利用麦克风发送求救信号的时候，整个山洞都回荡着他们的声音。由于喊得卖力，他们的声音渐渐变得嘶哑起来。时间一分一秒地过去了，仍然没有收到任何回复的信号表明有人听到他们的呼救，年轻的地下行者们的希望越来越渺茫。

“我猜我们的PA系统还不够强大。”汤姆承认道。他愁眉紧皱，绞尽脑汁地想着解决困境的办法，“巴德，我想不出别的主意了。这里相当远，看起来扩音器是我们唯一的希望了。”

第十五章 地下营救

下午的时光过得艰难而缓慢，“蓝天女王”上的船员们都越来越担心。

汉克飞过荒蛮的区域，希望金属探测器或者达蒙镜能找到些线索确定男孩们的方位，但他们的努力都是徒劳的。

“土地掘进机一定钻得太深了。”汉克说。

“用我的镐刨刨吧，我们不能把两个小毛孩丢在那里！”乔抗议道，“难道我们不能做点什么吗？”

汉克·斯特林无助地耸耸肩，说：“如果没有目标，我们连挖洞都不能。也许他们遇到了技术上的麻烦，而汤姆正在修理。我们现在唯一能做的就是等待和祈祷。”

西部特有的落日余晖将天空染成一片绯红，然后黑暗渐渐笼罩了整个不毛之地。由于太过担心，船员们都没有到空中实验室的铺位去睡觉，而是裹着毯子躺在门外不安地将就休息了几个小时。

乔睡了过去，开始打呼噜。突然，他翻了个身，“唰”地一下直直坐起来。

是什么吵醒了他？他在黑暗里凝视了一圈，但没看到营地里有任何动静。

“一定是做了个噩梦。”厨师下结论，“难怪汤姆和巴德会失踪！”

乔躺回去，闭上眼睛。下一秒又像被刺到一样跳起来。地面好像有什么响声传来。

“该死的究竟怎么了？”乔喃喃自语，“我听到什么了？”

他把耳朵靠近地面。又是它！地上似乎传来了嗡嗡嗡的声音，就像是火车快来时铁轨震动发出的声响。但这个嗡嗡声是断断续续地，有一下没一下地传来。

“有点像电报机发送代码信号。”乔想着。

代码！

“天哪！那是代码！”声音又响起时厨师突然意识到。

滴滴滴——哒哒哒——滴滴滴

“SOS！”乔翻译，“我亲爱的睡衣呀，那一定是汤姆和巴德从地下发出的求救信号！”

哒——滴答，滴——滴答——滴，哒，哒，滴——滴答哒，滴——滴——哒，滴，滴——滴，滴——哒，滴——哒滴，哒，滴——滴答——滴滴滴，哒——滴……

“活见鬼！为什么我不能记住更多的代码！”

乔马上站起来，踉踉跄跄地跑到正在睡觉的船员们中间，使尽肺部力气竭声喊道：“汉克！迈克！鲍勃！醒醒，你们都醒醒！快从毯子里爬起来！我刚听到男孩们的消息了！”

汉克·斯特林立马清醒过来：“你说什么？”

“我刚收到汤姆和巴德发来的一个SOS！它从地面传来的！”

汉克跳起身来，问：“你在哪里听到的？”

“就在我睡觉的那边。你在这里应该也能听到！把你的耳朵贴在地面上！”

这时所有的船员都醒了，他们看到汉克跪在地上侧耳倾听着。

“你说对了，乔，这是SOS！”他屏住呼吸说道，“等等！记下它！”

汉克又念了一遍。“我们立马回复！”他跟其他人说。

他厉声下完命令，跑向“蓝天女王”，上面有在世界任何角落都能开展科学研究的装备。它的实验和操作机舱里囤积着各种可能派上用场的工具和设备。

船员们在飞行工程师的指导下，匆忙制造了一台临时钻机，然后将一大截管子沉入地下深处。与此同时，汉克装配了一个强力发声器，使用一个由压缩器驱动的喇叭状传感器。他将号角对准管子伸进去，然后开始爆出代码信号：女王号呼叫汤姆，你们能收到吗？

“你们觉着这能传到他们所在的地方吗？”乔焦急地问。

“我们很快就能知道了。”汉克“扑通”跪在地上，将一只耳朵紧贴在地面上。不一会儿，他的脸色在泛光灯的光芒里亮了起来，泛光灯是用来为整个过程照明用的，一个信号传回来了！

他们能收到微弱的信号。

几分钟后，汉克就了解了男孩们被困的详细经过，并确定了他们所困地坑的准确方位。

汤姆又发来代码补充说：垂直的裂缝和烟囱也许没有从洞里直接升上去。

汉克回复道：我们会在地上找到豁口的，转到声音保持联络。

汉克转向他的船员，说：“打开机库舱，推出滑行船！”这是“蓝天女王”上携带的一架小型直升机。

船员们忙着遵照指令采取行动时，汉克告诉无线电技师：“呼叫肖普顿！让他们迅速空运一台土壤爆破器和一辆球形地球探测车到这里！”

很快直升机就准备就绪，汉克带着乔直接飞往地坑正上方的位置。

他着陆后建立起一个超灵敏的定向麦克风，并和一台强力扩音器钩在一起。

汉克开始绕着圈慢慢地转动定向麦克风。当巴德的声音突然从扩音器里传出来时，他定住了，那声音低吟着：“哦，别把我埋葬，在这孤单的草原上。”

“是巴德那小子，太好了！”乔大喊，皮革似的脸上褶出一抹笑容，“听起来就像是一头生病的公牛仔子，不是吗?不过能听到这个淘气鬼的声音真是再好不过了！”

“太棒了！”汉克赞同道，“但我们仍然得找出声音的来源在哪里，目前我们所知道的只有方向。”

汉克在纸上用铅笔画了一条方位线，然后和乔一起把声音设备移到另一个点上，画出第二条方位线，这样通过三角测量法确定声音来源的方位。

“一定是从那边的悬崖里传来的。”乔将便携式节能灯的光束打向那边。

光线照出崖壁上的一个豁口。“那看起来像个地洞！”汉克大声喊道。他们走得越近，巴德的声音就慢慢变得越清晰。

在豁口里面，地面崎岖陡峭地向下延伸进一个宽阔的深不见底的大坑里去。巴德的声音幽幽地飘上来，现在正哼唱着一个流行小调。

“我能朝着下面喊他们吗？”乔问。

“省省力气吧，哥们儿。”汉克笑着说，“我会很快用一个更简单的方法搞定的。”

他把音响设备带过来，用一个远程传感器代替了传统的麦克风，并把扬声器降人洞里。“你们在下面能听到我说话吗？”他的声音低沉而洪亮。

“我们能听到，兄弟，而且你的声音从没像今天这么受欢迎过。”汤姆喊回去。

汉克告诉男孩们，他会把“蓝天女王”开到现场，然后往岩缝里降一根直绳。

“在上面拴上午餐盒！”巴德开玩笑道。

直绳顺利地降下来，没有遇到任何阻碍。“烟囱可能在某些地方会窄很多，不过。”汉克说，“我们必须在空隙里钻出来。”

不到两个小时，肖普顿来的货运飞机到了。球形地球探测车最先被卸下来。汤姆曾用这台卓越的发明在非洲勘探核火洞穴。它包括一辆装配着移动起重机的牵引车，上面有一个球形的钢制车舱悬挂在吊缆上。

洞口太小，牵引机进不去，但是吊舱可以轻而易举地深入到大坑里去。

火箭锚被钉到地里面防止牵引机翻车。然后汉克给他的船员们下达好命令，自己准备爬进吊舱里面。

“听着，朋友，我要跟你一起下去。”乔坚定地说道，“你和他们两个年轻人或许会需要我的帮助。”

汉克咧开嘴笑了，说：“好的，伙计，上车！”

吊舱的门一合上，巨大的带窗户的球形地球探测车就开始下降到裂沟里面。

吊舱里有复制的操纵器，汉克可以一边通过电话和牵引机里的人员对话，一边用它调节下降的速度。

下降过程颇为崎岖，不时会在某个路口卡住。但是球形地球探测车的超音速钻头有强大的爆破功能，一路为他们清理岩障。

下面，汤姆和巴德焦急地等待着救援，都眼巴巴地望着狭窄垂直的逃生路线。

一个半小时后，汉克和乔到达了地下深坑。汤姆和巴德紧紧抱住他们表示欢迎。

“我们上面有一台土地爆破器。”汉克说，“钻下来再把土地掘进机带上去不会花费太多时间。当然它会受到放射性元素的污染。”

“最好不要。”汤姆决定道，“我想你和我能在这里把斥力装置修好，如果你们把替换零件带下来的话。来吧，告诉你都有哪些需要做的。”

“请你们吃饼干！”乔对巴德说，“我还是看不出你们两个是怎么设法把SOS通过地面发送上来的。”

巴德解释说：“汤姆做了一些声音测试，找出了这个洞穴的自然共振频率。然后他把我们的扩音器调成同样的频率，使洞壁振动，将震波清晰地传送到地表。”

“好吧，我就是一个八字脚的野马！那个小屁孩什么都能解决！”

汤姆修好土地掘进机，又开着它蠕动着回到地面时，已经是第二天的晌午。虽然发生了事故，但是汤姆对他的发明并不气馁。

“我仍然认为我们的移动凿岩机表现得很好。”在飞回肖普顿的途中他这样对巴德说。

“它当然表现得好。”巴德赞同。“犁穿了所有坚硬的岩石！但是如果再发生同样的事故该怎么办？那些地下洞穴十分危险。如果我们冲破了顶脊，甚至会掉进其中一个里去。”

“你说的对，我们需要额外的保障措施。还有一件事，我要提高所有装备的防震能力，而且我还要增加一种声呐和雷达，在我们进入之前探测空洞。”

一个礼拜后，这些改善措施已经大体完成，于是汤姆准备测试他的海底水族馆。整个设施都安放在一个巨大的喷气式引擎测试舱里，这个测试舱的墙壁是钢制的，还有一个厚石英玻璃视察窗。

斯威夫特先生、亚弗·汉森和巴德看着年轻的发明家转动阀门，让水淹没了整个水族馆系统。

“你打算在最大深度的隔间里增加多大的压力，儿子？”他父亲问道。

“10千帕。”汤姆回答说，“那应该能提供足够的安全系数。”

当看到水压计的指针慢慢上升，汤姆的脸色变得越来越紧张。

“好了，它已经越过了一万两千。”几分钟后亚弗说，“所以我们知道水族馆会是安全的，在我们的常规操作压……”

突然，随着一声巨大的爆炸，整个试验站都摇晃起来。

第十六章 一条警报消息

斯威夫特集团广阔的地面上空响起了刺耳的灾难警笛。听到隆隆的沉闷的爆炸声，所有员工都从车间和实验室一涌而出。消防车和救护车急速开往爆炸源头——3C楼。

哈伦·艾姆斯刚停下车就看到汉克·斯特林，问：“你知道发生什么了吗，汉克？”

“还不知道。他们的电力和通信线路短路了。”工程师回答，“汤姆今天应该是在这里测试他的深海水族馆，他和他父亲都在楼里面！”

“天哪！”楼体结构本身完好无损，但艾姆斯的脸变得煞白。他和汉克赶紧穿过密密麻麻的人群奔向门口。

“带这些人回去，格鲁纳！”艾姆斯朝工厂的高级警卫员吼道。

洪水从门口涌进来，艾姆斯和汉克在里面看到一派混乱不堪的景象，整个建筑的地面都被水淹没，而员工们都在拼了命地奋力控制局面。

当一个装甲液压软管在巨大的压力下像蛇一样来回摆动的时候，奔流的水柱冲破测试间的窗口喷涌而出。汤姆、斯威夫特先生、亚弗和巴德几个人正紧张地逆着汹涌的水流竭力挣扎着靠近截流阀。

最终汤姆成功转了几下截流阀抵挡住洪流，他又多扭了几下就让水流彻底停住了。

“有人受伤吗？”斯威夫特先生焦急地向一个领班问道。

“没有，先生，但是大家都湿透了！”

汤姆看起来难受又沮丧。“都是我的错！”他说，“事实证明我设计的水族馆有些地方不够结实。”

“到底怎么回事？”艾姆斯询问道。

汤姆解释说水族馆在巨大的压力下爆炸了，爆炸使得测试间的玻璃松动碎裂。而装甲软管则被冲散了连接的地方，然后挥舞晃动着像破城槌一样撞破了玻璃，导致成吨的水倾泻出来。

斯威夫特先生离开去换上干衣服，亚弗和男孩们留下来协助清理工作。这个部门终于恢复了正常的工作秩序。

下午晚些时候，汤姆和他父亲都在办公室里。“好吧，儿子，你找出失败的原因了吗？”

汤姆闷闷不乐地点点头，说：“是一个有缺陷的铸件，它不知怎么通过了伽马射线的检查。亚弗承担了全部责任，但事实上是一个技师的失误。这个人提出辞职，但是我想汉克对他劈头盖脸的责骂能让他在今后的工作中更为小心谨慎。”

斯威夫特先生皱起眉头，说："审查一直是我们工作中最为重要的一环，汉克和我曾试图使它成为这里的一个标语。"

老发明家钢青色的眼眸缓和了一下，继续道："我希望你不会因此停止你的水族馆项目。"

"当然不会，爸爸。但是自此开始，我坚持对所有部件进行三重检查。如果水族馆会对公众开放，那么哪怕只有一丁点儿微小的可能性，我们都不能允许这样的事故发生。"

汤姆打开他带着的设计图，说："作为一个额外的预防措施，我会在做标注的这几点上加强设计，而且我会增加一个特殊的保险阀，隔断所有水泵，以防有任何结构破损，这样会毫无伤害地释放压力。"

"太好了！你已经顾及每一个可能的危险。"斯威夫特先生研究着这张设计图。

结束了长长的白班，离开工厂后，汤姆仍忙着检查水族馆的过滤系统。这时，哈伦·艾姆斯走进实验室，一脸愁容。

"出什么事了，哈伦？"汤姆问。

"我不确定。我们对弗兰兹克进行了额外的安全调查，那个让缺陷铸件通过的检验员。"

"嗯？"

"他和他的父母都是本地人，但是他们有亲戚生活在克兰乔维亚。"

"克兰乔维亚！"年轻的发明家惊呼道。

“你觉着他们的特工会不会给他施加压力？好吧，我是指‘安排’一场事故，就在集团这里。”

“很有可能。”艾姆斯耸耸肩膀，“他们很可能会威胁他，如果不合作就伤害他的亲人。记住，今天早上的那场事故很可能会让你的水族馆项目泡汤。”

“你拷问弗兰兹克了吗？”

“是的，而且他很主动地要求接受测谎仪测试，以澄清自己。结果洗清了他的嫌疑，但是测谎仪的测试很难分析。”

汤姆沉思着摸着下巴，说：“弗兰兹克在我的印象里一直是个很正派的人，虽然有点粗心，但绝不会做出蓄意谋害、背信弃义的事来。他肯定不会逃避责任。”

“我想他说的是真话。”艾姆斯同意道，“我只是不想放过任何疑点，仅此而已。就我个人而言，我更希望让他留下来，继续观察他。”

“我没意见，哈伦，顺便问一下。”汤姆补充道，“关于那个外国人，有什么线索了吗？巴德怀疑他涉嫌破坏风筝缆绳。”

“没有。我们现在一片空白。但是韦斯·诺里斯昨天打电话给我说调查局有证据表明埃尔罗·克雷已经用一个假护照逃出国了。”

汤姆的眼睛闪了闪，感兴趣地问道：“知道他去哪里了吗？”

“他飞到了瑞士，但是诺里斯相信他最后会回到克兰乔维亚。”

周一，重建的水族馆和贮养深海鱼类的水槽都通过了全压测试。第二天，汤姆和巴德开出升级版的土地掘进机，钻到哈德逊河床和新泽西沿岸崎岖的岩壁的下面进行检测。

男孩们飞回肖普顿，一路上都为凿岩机的表现欢欣鼓舞。当他们的“旋转小鸭”驶进机库后，巴德问：“还有多久我们才能去找太空容器，汤姆？”

“我希望在这周的晚些时候去，我们会同时去捕捉要贮养到水族馆的鱼类，但首先我要在费林岛附近熟悉一下水槽的操作。”

两个男孩驾着喷气摩托车速往主楼，特伦特小姐激动地问候他们，并传达了斯威夫特的消息。

“他希望你们一着陆就去太空通信实验室，汤姆！”她说，“我刚给控制塔打过电话，但是他们说你们已经在来的路上了。”

“另一条太空消息？”汤姆问。

“是的，而且应该很重要。”秘书回答，“你父亲让我给哈伦·艾姆斯打电话。”

“跟上，巴德！我们得赶紧过去。”

几分钟后，他们大步跨进太空通信实验室，里面到处都是电子齿轮和遥测设备。斯威夫特先生和艾姆斯在解码器旁边。

“什么事，爸爸？”汤姆急切地问道，“我们的太空朋友来信了吗？”

“不是。这个消息不是来自他们，儿子，而且也不是给我们的。但是我们的接收员在相同的频率里截获到它。”斯威夫特先生沉着脸拿出带子。

困惑不已，汤姆读起信息。上面写着：

太空军团致地球组织：

如果你们能在斯威夫特父子之前得到太空移民的数据，那么我们就会履行契约。希望你们能尽快行动。

“天哪！”巴德浏览完信息后咆哮一声，“他们说的‘地球组织’是什么意思？”

汤姆生气地道：“这不难猜，十有八九是埃尔罗·克雷将我们编码器的秘密兜售给一些国外势力，他们很可能已经联系过太空朋友的敌人，并愿意帮他们找到容器。”

“恐怕你猜对了。”斯威夫特先生同意道，“你回想一下，第一次有关太空舱的消息传来时克雷就在旁边。”

“我记得，爸爸。而且他看到我在地图上指出了方位。”

汤姆来回踱着步子，最终他说：“或许我们也没必要太过担心。不管怎样，任何国外组织都不可能有合适的海底挖掘设备。”

“别对这个太过肯定。”艾姆斯说，“克雷很可能还窃取到了集团的其他秘密，包括你的土地爆破器，汤姆。”

每个人都警觉起来，安保部长冷冷地继续道："也别忘了交易的条款，如果外国集团率先找到了容器，那么他们就能用它换得一个秘密武器，比A国现在拥有的任何武器都更为强大！"

第十七章 美妙的鱼

汤姆打破了紧张的沉默，顺着艾姆斯的话继续说道：“从这个信息中，我们也了解到地球组织还没有找到太空记录，我们只需要更快地采取行动。爸爸，我想明天出发去太平洋！”

老发明家同意了：“但是你的水族馆项目怎么办，汤姆？”

“我想我们可以把两项进程合并到一起，巴德和我乘‘海洋猎犬’率先出发，去南美海岸的秘鲁-智利海沟里潜水捕捉鱼类标本。同时，“蓝天女王”载土地掘进机去F岛，我们在那里会合。”

下午余下的时间和晚上，大家都在紧锣密鼓地准备着。直到晚上十一点，汤姆和巴德才终于到实验室旁边的卧室里，精疲力竭地倒在床铺上入睡。

第二天早上六点，男孩们飞往费林岛，“海洋猎犬”已经在那里准备就绪。汤姆指挥着把深海水槽以合适的位置连接到海洋直升机上。这个巨大的容器长约15米，横断面是个椭圆形，椭圆形的一侧稍向内弯曲。它装在“海洋猎犬”机身的真空控制装置中。

“天哪！”一个船员说道，“你怎么想到用直升机拖运它的呢，机长？”

“它丝毫不会增加多余的重量。”汤姆笑笑，“事实上，即使它里面装满了水，依然可以提上来，并且有浮力。”

“你说真的？”

“当然。”汤姆解释说，水槽的外壳里嵌了几台斥力装置，它可以给水槽提供与海底或飞行中的地面相反的推力。“我可以从外面人工操作改变它的方向，或者在‘海洋猎犬’上远程操控。”

半个小时后，直升机已在飞往太平洋的途中。南美沿岸远处，汤姆已经潜向Z国海沟。大约2.4千米半深的时候，汤姆锁住舵盘，让船保持在一个稳定悬停的深度。他和巴德爬进钢制的胖人装备里。

两个男孩带着一张巨大细密的钢丝网，穿过气门出来到海里。他们把网撑成圆锥形安装在直升机下方，然后通过制服的喷气推动自己返回舱口。

汤姆继续掌舵，驾驶着“海洋猎犬”慢慢穿梭在水里。上面的探照灯光束透过墨般漆黑的海水，在前方照出一条黄色的路径。这个深度的鱼类比高一点的区域更为稀少，但是有相当一部分被光束吸引过来。

经过一个小时的网罗，汤姆停下了“海洋猎犬”。

“你觉得我们捕的鱼够了吗？”巴德问。

“也许，我们先出去看看吧。”

他们又钻进胖人装备，从气门跳入海里。每个人都带了一张小小的便携式铲网。当看到他们捕获的鱼时，汤姆欢呼起来。拖网里装满了各种闪闪发光的海洋生物。

“哇哦，收获颇丰啊！”巴德喊道。

男孩们打开巨型运输水槽的一端，然后汤姆轻触操作杆，个透明塑料的壳体从里面滑了出来。它是完整的外层金属船体。塑料外壳分为间隔，使特效分离标本各有自己的注入口。

“现在该进行最棘手的部分了。”汤姆说。

通过“海洋猎犬”的远程操控，拖网的颈口被封住了。乔和别的船员都倚着舱口看汤姆和巴德打开拖网准备将那些生物转到水槽里。

跟大部分生活在深海里的鱼类一样，他们捕捉到的那些个头也都非常小，虽然长相有些狰狞。

最大的是变形鱼类，大约有1米长，从头到尾部逐渐变细，尾巴尖尖的。最奇怪的是一种琵琶鱼形状的团块，颜色由棕褐到墨黑不等。在它们那有些恐怖的角状肤质的口鼻上，挥舞着一根长长的触须，就像是挂着彩色的、镶褶边的鱼饵的钓鱼线一样。

“它们确实是用那些触须来吸引猎物，就跟人类钓鱼一样。”汤姆用他的工具网住一只，解释道。

“伙计，我真是大开眼界了！”巴德说。

汤姆笑了，说：“等会儿我们从底部捞。”

一些蜂鱼和其他有口腔类的鱼用它们巨大的针状牙齿和别的捕获物激烈地打斗着，它们已经伤到了网里的鱼类，所以男孩们以最快的速度将它们转移到水槽的隔间里。

巴德对小斧鱼非常着迷，它们的眼睛凸了出来，有好多个嘴巴。腹部和两侧列着一排排闪烁着粉色和蓝色光芒的小珠子。

男孩们快要把网清空的时候，汤姆发现了一个游动着的海参。它是一种深紫罗兰色的生物，形状有点像扁平的椭圆，还有扇形的边缘。汤姆很轻易地就将它捕到勺子里，又增加了一个战利品。

“在发现这些鱼类之前我只读到过其中的一种。”巴德告诉汤姆。汤姆把杆收回塑料衬管和密封槽，然后他们登上“海洋猎犬”。

水上直升机恢复了前进，向下穿过黑色的冰冷刺骨的水，最后停在海沟边缘附近的海底上。汤姆又一次抛出拖网，犁过海底的软泥。

男孩们从胖人装备里出来，检验他们的收获。巴德惊喜的叫声通过声呐电话传了过来：“看，汤姆！”

一只巨大的海蜘蛛大约有60厘米，正沿着淤泥缓缓潜行。

“抓住它！”汤姆发回信号。

拖网又捕获了丰富的鱼种，它里面的鱼包含了许多长尾鳕，带着甲壳的脑袋又大又重，眼睛也很大。每条鱼的下巴都凸出一根触角，用来在淤泥里搜寻食物。

“汤姆，看那儿！”一条黑色的蜂鱼被网住后巴德喊道。它张开的嘴里探出一条发光的诱饵。巴德打趣道：“来我这里做客呀？蜂鱼就这么对它的猎物说。”

汤姆笑了。接下来，他网住一条鹰喙状的鳐鱼。其他生物中有挥舞着蛇形触角的海蛇尾和一定数量的丝状海扇，呈清淡的粉红色或淡紫色。

把捕获物转到水槽里后，“海洋猎犬”开始朝海沟深处下沉。当汤姆和船员们慢慢降到漆黑深渊的底部时，他们被一种阴森森的感觉笼罩起来。

“这个地方怪吓人的。”巴德说。

他们在一片舞动着的海鳃领地着陆。海鳃是一种从中间的茎秆向四周一簇簇生长的群栖动物，它们像是巨大的羽茎海鳃，散发着淡淡的白紫色光芒。汤姆和巴德在胖人装备里于撒网之前聚集了大量海鳃。

他们装备上的机械腿在冒着蓝白色和淡紫色光芒泡泡的奇怪生物里迈出每一个步伐。汤姆在附近的泥里注意到一条小小的不规则形状的深海章鱼，他也将其放置在水箱里。

海洋直升机通过淤泥又撒下了拖网，收获相当惊人。汤姆统计出三个分开的囊咽鱼，有长短不一的六条腿。这些长相可怖的鱼看起来是整张嘴巴或者下巴都附在鞭子似的尾巴上，终结处是一个发光的红色斑点。

“那是什么？它们的刹车灯？”巴德问。

“也许是捕食的诱饵。”汤姆回答，“看看它是如何用尾巴卷住那个小海参的！”后者就像是一个滚胖的小猪，挥舞着四只从后背长出来的波浪状的角。海参快要消失在囊咽鱼那庞大的口里时，汤姆赶紧放了它。

“啊！看它那两只微小的眼睛！”巴德喃喃道，指着其中一个囊咽鱼，“比针尖还小！”

“你觉着它的眼睛很小？”汤姆回道，“它几乎没有大脑。”

拖网还捕捉到一些瞎眼的鲸鱼和一个小小的黑天鹅绒般的生物，一半像章鱼一半像乌贼，还有一双血红色的眼睛。

“它真是个活化石。”汤姆告诉巴德，“它的亲戚在数百万年前就灭绝了。”

“怪不得。”巴德开玩笑，“他们很可能看了一眼那玩意儿，就背过气了！”

网里还有些鱼种汤姆认不出来，但是他很失望地发现它们都没有线鳍，“我猜我们还得捕捉更多的鱼种。”

将鱼种放置到水箱里后，“海洋猎犬”开始在海沟里巡航。半个小时后，巴德发出一声激动的叫喊。

“慢着，机长！有两条！”

在海洋直升机的梁的边缘，汤姆辨认出有两条奇怪的鱼停在金属三脚架上。他转向，试图用拖网捕捉它们，但雷鳍像巨大的蟋蟀一样跳开了。

“网中可怜的小生灵！”乔说，“你打算怎么抓它们，机长？”

“让我们尝试一些电视诱饵。”汤姆解释了他设计的一种用来捕获难抓的海洋生物的特殊捕捉法。这个想法里有用到他的3D电视投影仪，这是一项惊人的发明，能投影出三维光影。

汤姆停下海洋直升机，将控制器交给巴德。然后他从一个储物柜里取出电视投影仪对着窗户打开。该设备是一个像箱子一样的物体，有1.2米高，点缀着刻度盘和调谐按钮。短短的格子天线从前面伸出来。

汤姆插入录像带，然后立即打开机器。不一会儿就看到“海洋猎犬”外面的水中有一个微小而逼真的鱼的发光影像。汤姆旋转天线，鱼的影像似乎向雷鳍游去。

那两条三轴鱼都转向诱饵，张着嘴巴瞪着眼，准备进行突然袭击，但是假鱼轻易躲开了它们。汤姆慢慢地将诱饵向“海洋猎犬”拉回。

当正在捕食的线鳍靠近海上直升机的时候，汤姆叫道：“上，巴德！”

他的朋友发动引擎，船迅速冲上前去，将那两条鱼捕进

网里。

“请你用我的旧鱼竿吧，这是我见过的最近距离的钓鱼方式！”乔说。

男孩们开始爬进胖人装备里，出去将汤姆的战利品运到水箱里。

“嗨，老板！”乔突然说，“把这个淘气鬼也装走！”

汤姆冲回到窗口。一条奇怪的鱼大约1.2米长，从他们的探照灯灯光里游了过去。它有长长的尖鼻子、狭窄的尖端和很细的尾巴，背鳍上长着一只罕见的角。

“那是银鲛，或者鬼鲨！”汤姆迅速把诱饵投射向那条奇怪的鱼。

“它正在捉你的影像诱饵，汤姆！”巴德喊道。几分钟后，这个生物被捕进了网里。

“海洋猎犬”浮出水面的时候，夜幕已经降临。直升机飙升到空中，朝F岛飞去。它在拉佩鲁斯湾前面一个开阔的山坡上降落，“蓝天女王”正在那里等着他们。“海洋猎犬”卸下装满深海物种的水箱。工作人员们都对男孩们的捕获物深感惊叹。

第二天一早，汤姆和巴德就被问到是否准备培育更多的物种。

“现在不行。”汤姆说，“我们必须乘土地掘进机下去找那个时空舱。”

他们爬上凿岩机，它隆隆响着，慢慢沉入水里，然后绕着伯伊克半岛朝南驶去。

汤姆到达计算好的位置后，沉入海底，准备掘进大洋底部。突然，斯威夫特先生的声音通过水底收音机弱弱地响起。

“集团呼叫汤姆！请回复，从速！”

“听到了，爸爸。”汤姆回答，“怎么了？”

“我恐怕有个坏消息，儿子。我们刚刚从太空朋友那里得到这个消息，说敌人已经拿到了古代地球移民的记录！”

第十八章 时间洞穴

汤姆听到太空洞穴被劫掠的坏消息后不知所措。

“真是倒霉！”巴德抱怨道。

“等等，爸爸！”汤姆突然大喊道，“这可能是地球组织或太空军团的恶作剧，目的就是让我们放弃这次探险！你联系过太空朋友吗？”

“是的，他们也确认了信息。”斯威夫特先生说道，“他们正准备添加更多信息时，通信却中断了。”

“是信号受阻了吗？”汤姆问道。

“这有可能，但是为什么呢？整件事很有可能是场闹剧。”汤姆推理道，“敌人很有可能给我们发送了虚假信息，然后在我们的太空朋友激活发射机之前回答你的问题。而当太空朋友真正开始传输信息时，敌人也开始阻断。”

“嗯，这就可以解释都发生了些什么。”斯威夫特先生同意道，“你现在在哪儿，儿子？”

“在海底，实测船位的上方。”

“能找到关于地球勘探队在那里工作过的证据吗？”

“找不到，爸爸。这使我比之前更加确定那些信息是恶作剧，我们要继续寻找太空洞穴！”

汤姆进行控制系统操作时，土地掘进机的末端开始向上倾斜。随着电源发出的嗡嗡声，巨型机器开始钻入海底软泥层。凿岩机透过几百米深、年代久远的沉积层时，两个男孩陷入深深的沉默之中。

他们到达基层岩时，汤姆加大马力，土地掘进机以更慢的速度继续运转。

“哇！难以想象压在我们上面的海洋和岩层的总重力！”巴德喃喃地说道。

“如果不去想这些，我们可能会感到好受点儿。”汤姆的脸色看起来很紧张。

半个小时后，汤姆观察声呐和雷达示波器时，他的双眼闪闪发光，非常激动地说道：“我们即将到达一个空洞！”

汤姆改变了土地掘进机的方向，并慢慢地穿过玄武岩层。两个男孩紧张地等待着新的突破。

突然，凿岩机向前倾斜。他们能感到自己正随着机器冲入空洞，电灯光下是一条漆黑的、布满岩石的隧道。

“我们击中了！”巴德喘息道。

他环顾四周，补充说道：“但洞穴在哪儿呢？”

“这条隧道尽头可能有。”汤姆说道，“如果我们知道走哪条路的话。”

土地掘进机横跨在布满岩石的隧道之上。汤姆拧开电灯试图看清前方的路，但隧道似乎是弯曲的。

“我们试试后面隔室的窗户吧。”他说道。

男孩们向后面走去，并点亮后方搜索光束。在后方20米远的地方，隧道开始变小，在尽头则是一大块岩体。

“这条路是死胡同。”汤姆说道，“试试其他的路吧。”

汤姆和巴德一起回到前舱并迅速撬动爬行踏板，凿岩机发出隆隆声，沿着隧道慢慢前进。幸运的是，弯曲的隧道变得平缓，足以让机器毫不费力地通过。

隧道突然变得开阔，搜索光束耀眼的光芒映射在后面的岩壁上。汤姆突然气喘吁吁。

“看！”

在光束的左侧，黑暗中有某种东西发出奇怪的橘黄色！

“是洞穴！”巴德惊呼道。

汤姆旋转着搜索光束，才知道他们正在一个很大的天然洞穴之中。紧贴墙壁的是一个大型物体，由某种奇怪的橙黄金属制成，它被嵌入岩石和一大堆碎石中间。

“这里没有水。”巴德说道，“洞里面一定充满了被截留的空气，你觉得这种气体可以呼吸吗？”

“我有些怀疑。”汤姆按动标明“空气摄入测试”的按钮，并观察上面的刻度表。“不算坏。”他吃惊地说道，“只是氧气有点儿少。”

出于安全考虑，男孩们穿上胖人装备，爬出了土地掘进机。当他们靠近那个奇怪的物体时，汤姆拿出辐射计数器。

“它没有辐射。”汤姆目不转睛地看着洞穴，“巴德，我猜这曾是一个山洞，隧道是由外面通到这里。当消失的陆地板块下降后，某些板块一定相互连接，在海底堵住了隧道入口。持续的化学变化使得这里有空气。”

自从空间记录埋藏在这里后，千百万年以来，他们很有可能是唯一进入此地的生物。男孩们意识到这一点后，心中充满自豪。

汤姆和巴德一起揭开洞穴时，发现这比他们想象的要大很多。洞穴呈奇怪的几何形，有1.8米多高，几乎3米长。

“天啊！”巴德大叫道，“我们肯定不能把它运送到凿岩机上面。”

“这上面好像也没有开口。”汤姆皱了皱眉头，“切割炬可能损坏其内部系统。巴德，我觉得我们最好先回到上面，然后等待爸爸从太空朋友那里得到一些指导。”

巴德紧张地咯咯笑了，说：“我不反对上层的新鲜空气。”

他们再次登上土地掘进机，开始了返回地面的旅程。刚进入海床之上，汤姆便加速水力喷射，土地掘进机一路向北疾驰，穿过那漆黑的水域。在不断的前行中，他一点点疏通水缸。等到他们的舷窗浮出海浪时，F岛已在他们眼前了。

大片的阳光透过石英玻璃窗，蓝色的太平洋海水闪闪发光，这一切使得男孩们异常兴奋。现在，土地掘进机轰隆隆地浮出水面，朝他们的营地前进。前面长满青草的斜坡上停放着“蓝天女王”和“海洋猎犬”，但是周围却非常安静。

“人都哪去了呢？”巴德喃喃低语道。

汤姆停稳土地掘进机后打开船舱，接着他们便爬了出来。“嘿，乔！汉克！”

没有人回应。男孩们只能听到海浪的拍击声和远处海鸟的叫声。他们感到非常不安，然后大踏步地走向大飞机，最后变成跑步向前。

汤姆和巴德登上飞机后非常惊讶地停了下来。机组人员像布娃娃那样，横七竖八地躺在飞机过道中间。

“出什么事了？”巴德惊叫道。

“可能与‘猎鱼者号’上面的机组人员遇到相同的情况。”汤姆紧咬牙关。他仔细检查了几名机组人员，发现他们还活着。

“汤姆，我们最好也检查一下‘海洋猎犬’。”

“我们先照料这些人吧。”

两个男孩开始将机组人员运到外面，希望带有咸味的空气能使他们苏醒过来。他们看见三个骑士飞奔过来，一边挥舞着马鞭，一边大喊道：“阿里基！”

“他们是给你圣石的原住民！”巴德大叫道。

骑士们勒住马，然后从马背上跳下来。他们和男孩们热情地握手时，嘴里不停地讲着令人兴奋的故事。

“你是说我和巴德离开后海里出现了一艘船。”汤姆插话道。

“是的。”其中的首领说道，“你是鸟人，所以我们看护着你的营地。”

他们三个人说，那艘潜水艇的船员们控制了“蓝天女王”和“海洋猎犬”，并拿走了男孩们带到岛上的水箱。

“深海样本不见了！”巴德惊呼道。

通过“蓝天女王”船舱上的小型通用牵引车，他们将水箱拖拽至海滩边。然后，利用潜水艇上的缆绳，水箱被拖入深海区域。

汤姆非常伤心。“他们很有可能去下面，以便将水箱固定在潜水艇外部。”他说道。

男孩们想让船员们振作精神，他们说袭击者使用一种造型奇怪的武器使他们暂时失去了知觉。

汤姆说道：“我猜，和‘猎鱼者号’被劫持时使用的武器相同。”

“我们起初以为那艘潜艇是‘猎鱼者号’呢。”汉克·斯特林说道，“它们看起来一样。”

“难怪。”汤姆痛苦地说道，“它很可能是根据我的蓝本制造的。”

“这些混蛋！”巴德愤怒地说道，“这会破坏你的水族馆计划吗，汤姆？”

“可能不会。幸运的是，我们有二号水箱。”他转身对汉克·斯特林说道，“把它系好，在我们之前覆盖的地方铺好网。你布置好之后，将水箱藏在下面，那儿更加安全。”汤姆淡淡一笑，“或许我们的敌人认为第一个水箱就是太空洞穴！”

巴德睁大了双眼，说道：“怎么会呢？”

“我觉得当水箱带上来的时候，他们正用潜望镜监视我们。一旦他们抓住了这一点，就会向基地发送无线电并告知宇宙军团，这也说明了爸爸随后接收到的那条信息。”

“那么这一定来自我们的太空朋友！”巴德大叫道。

汤姆立即联系肖普顿。他告诉爸爸发生的事情，并让他询问太空朋友，如何才能打开真正的洞穴。回答如下：

我们没有相关的数据，请自己判断。

两个男孩再次通过土地掘进机潜入海底并进入海底洞穴。汤姆利用X射线设备检测洞穴，但是几乎一无所获。里面似乎是一堆奇怪的管子和其他设备。

男孩们从土地掘进机拿出切割炬和水箱。他们发现这些设备在钢制外壳上无法运转，于是决定在空气中试试看：他们爬出肥大的胖人装备，紧紧地扶住岩壁。很快，一束火焰穿过金黄色的金属外壳，向外冒出了紫红色的气体。

突然，两个男孩开始东倒西歪。不一会儿，巴德就倒在洞穴的地上！汤姆也受到紫色气体的潜在影响。切割炬从他手中滑落后，火焰的热度灼伤了他的大腿，刺骨的疼痛使他进入半清醒状态。

“我们必须回到土地掘进机！”汤姆气喘吁吁地说道。

第十九章 致命的爪子

他快速用衣服罩住脑袋，防止吸入有害气体，汤姆用双臂抓住巴德，把他拖进凿岩机里。

一关上安全舱门，刚刚打开空气系统的开关，汤姆就摔倒在巴德旁边的桌子上。几分钟过去了，凿岩机的空气净化系统开始让男孩们苏醒，他们终于动弹起来。

“嗨，机长。”巴德咕哝着，“你还好吧？”

“当然，我现在好多了。”汤姆回答，“你呢？”

“我猜我还活着，但是发生什么了？我怎么回到土地掘进机里的？”

汤姆干笑了一声，说：“坐地上蹭回来的，我是没有那么多力气像消防员那么背你了。”

他和巴德站了起来，很明显两人并没有受到严重的伤害。

“关于时空舱，接下来我们打算怎么办？”巴德问。

“我们必须使用胖人装备。”

男孩们屏住呼吸，又浮了出来，匆匆钻进钢蛋里面。汤姆继续割炬的工作。很快他们就扳开了橘色容器的顶部。

里面是一些装有绿色气体的透明管线圈。这些管线圈被装在某种底盘上，被一种奇怪的组装装置包围着，很明显这种组装装置是电动的，但是跟汤姆以往见过的一点都不一样。

“这都是些什么东西啊？”巴德通过装备的收音机问道。

“它一定包含了太空朋友提到过的气隙磁场数据。”汤姆安静地想了一会，继续道，“我想磁场一定以某种编码模式在管道里保存气体，就如同在磁带上记录数据的道理一样。”

“听起来不错，你认为紫色蒸汽是从这个仪器里漏出来的吗？”

“不。”汤姆回答，“它可能是被添加到容器里来抵御外来入侵者的，或许太空人自己并不受其影响。”

男孩们克服重重困难，设法将仪器搬进了土地掘进机。强力凿岩机蠕动着穿透洞穴的固体岩石壁笔直前进。

冲出海底岩床后，汤姆驾驶土地掘进机朝着拖网捕鱼的“海洋猎犬”奔去。“我迫不及待想要去看看汉克的收获了。”他说。

不一会儿凿岩机的探照灯就找到了停歇在海底的长金属水箱，汤姆把土地掘进机降到它附近。

很快男孩们就进到胖人装备里，然后来到水箱边。汤姆轻触开关，塑料衬管滑出了它的外壳。

“哇哦！”巴德叫道。在他们面前，水箱里收获了大量罕

见的海洋生物。它们色彩斑斓，在黑暗中闪闪发光。“心丝虫！”汤姆说，指着一条大约1.5米长的管状虫，上面起伏着波浪状的触须。“它们非常罕见！还有海百合！”他补充道。只见一些长长的茎的顶部开满了带有流苏的“花骨朵”，有黄色、橘色、绿色和褐色。

汤姆对收获很满意，收回了衬管，然后密封了水箱，男孩们回到土地掘进机上去了。

汤姆去驾驶室的时候，听到一些模糊的撞击声冲击着船体。他迅速打开声呐手机的扬声器，撞击声清晰而嘹亮地传了过来。

“是信号！”巴德说。

摩斯密码声继续着，男孩们在一边翻译着。中间停顿了一下，然后信号又开始了，确保他们第一遍没有遗漏任何信息。整个信息是：SOS！救救我们！我们被困在底部了！

“我的天啊！”巴德紧张地说道，“会是谁？”

“不知道，但是我们最好找找看。”汤姆说，“这片水里只可能有另一艘潜艇，我们都知道是谁，我们的敌人。除非Z国海军在这里有一支操控方队。”

汤姆把土地掘进机从淤泥里开出来，小心翼翼地朝着声音的来源返回。一个小光点在声呐视野里显出形状来，然后他们的探照灯光找到了一艘潜艇搁浅在前面的漆黑色水里。

“是我们的敌人！”巴德喊道。

这艘潜艇就像是“猎鱼者号”的复制品，除了船中部凸起的泡泡，在隔间的前面能够看到有人在疯狂地挥舞着手臂。

汤姆辨认出潜艇下面附属的金属物，它正停在海底的沉积物上面。“是我们的深海物种水箱！”他告诉巴德。

“他们怎么了？”巴德问，“即使他们的潜艇出了故障，水箱的斥力装置也能将他们带回地面。”

“如果他们有这个深度的潜水装备就可以做到，他们需要出来打开上面的开关。”汤姆回答，“巴德，我敢打赌他们不知道水箱上的斥力装置！”

声呐手机里传来受惊的声音：“是汤姆·斯威夫特吗？”

两个男孩面面相觑，都听出了说话者的声音。

“是我，克雷。”汤姆冲着麦克风冷冷地说。

“我知道你现在的感受，汤姆，但是你一定要帮帮我们！”背叛了他们的工程师恳求道，“如果你不能帮我们离开底部，我们会像掉进陷阱的老鼠一样死在这里的！”

“描述得很好！”巴德咕哝道。

“你们出什么故障了？”汤姆问克雷。

“我们离开F岛开始潜水后，从你那里偷的东西给了我们太多的负浮力，我们开始急速下沉，而且没办法恢复速度。我们的水泵设计也出了错，所以现在没有足够的压力能在这个深度炸开我们的压载舱。”

“你希望我做点什么？”汤姆问。

“我们出不去，我们没有深海潜水装备。”克雷解释说，“但是如果你能把我们从这下面放出去，我想我们能升得足够高来炸开压载舱。”

汤姆笑了笑，问：“为什么我要这么费力地救你？”这让克雷感到血液都冷却凝固了下来。

“你不能让我们死在这里！”克雷的声音听起来歇斯底里。

“你的船长是谁？”汤姆问。

“船长法罗弗，克兰乔维亚军队。在这，我让你跟他说话！”

一个深沉的声音插进来：“我们承蒙您的怜悯，汤姆·斯威夫特，你不能违背大海的传统见死不救！”

“哦，不能？也许你可以解释一下你们在我新发明的潜艇的复制品里做什么。”

“这是你的潜艇的复制品，我承认。我登上你的‘猎鱼者号’偷取了工程方案。”

“为什么？”汤姆问。

法罗弗的声音微微颤抖：“我是按照命令行事，我的政府需要一艘深海潜水艇来收集他们想要建造的深海水族馆需要的鱼类。”

“那么克雷在这里是什么角色？”

“你知道答案。”克雷开口，“我偷了你太空解码员的电路图和编程指令。”工程师坦白了他和克兰乔维亚达成协议的事。他出力找回太空舱并将其交易给太空军团以换取强大的军事武器，前提是克兰乔维亚政府为他建造一个太空发射站，并为他提供潜水的必要装置。

“我们会签你想要的任何陈述书。”克雷补充道，“但是你必须救我们，汤姆！”

“别相信这些卑鄙小人！”巴德恳求道。

汤姆安静地皱眉沉思了一会儿。

“他们也许是老鼠，巴德，但是他们是对的，我们不能把他们留在这里等死。”

年轻的发明家对着麦克风说话：“如果我把你们从你们偷来的水箱下面救出来，你们回到地面会兑现承诺然后投降吗？”

“我们跟你发誓！”法罗弗回答说。

汤姆把控制杆交给巴德，然后钻进胖人装备里，沿着海底朝敌人的潜艇游过去。他操纵着装备的机械手臂，快速打开深海水槽斥力装置升降机的动力开关。

慢慢地，敌人的潜艇开始从海底升上来。船体上的鼓泡被打开，一对强力钢筋爪子展露出来。这对爪子紧紧地抓住了汤姆的胖人装备。

“住手！”汤姆用他的声呐手机喊道，“你跟我承诺你会投降！”

“我们的承诺？”汤姆的耳机里传来法罗弗轻蔑的嘲笑声，“你以为我们都是傻子吗？我们永远不会投降！现在我们有了太空舱，还有你，汤姆·斯威夫特！”

第二十章 来自太空的奖励

伴随着它的喷水器强力爆炸，敌人的潜水艇开始向上滑行。汤姆在他的胖人装备中用尽办法，但还是不能从铁爪中摆脱出来。很不幸，他不能控制水箱，并在此关掉它们。

法罗弗又一次嘲笑："我必须告诉你，我亲爱的斯威夫特，那些爪子被设计来结网并捕获深海样本。"

汤姆紧咬下颚，愤怒到发白。请求巴德帮忙是没用的，他不能及时赶到汤姆这里，使用火炬让他自由，这潜水艇上升得太快了。

"这些垃圾！"汤姆怒气冲冲地说，"巴德是对的，我疯了才会去相信他们的诺言！"

突然，土地掘进机的搜寻电波停了。敌人的潜水航天器的发动机的振动声此时大声地进入到汤姆的耳麦中，以至于很难判断水中的其他声音。但是，他猜测凿岩机已经开始行动。巴德想要做什么?

"我能做什么？"他疯狂地幻想着。

在这个深度，他的胖人无线电没有希望联系到F岛的“蓝天女王”和土地掘进机，以及所有以斯威夫特命名的远征太空船。

汤姆突然有了一个想法。他意识到“有一个办法”——“只要巴德也这么想！”

汤姆不敢通过声呐沟通，否则克兰乔维亚会做出闪避动作。

同时，巴德正在向凿岩机斥力装置推举器射击，这飞船像快速电梯一样冲上去。

巴德研究他的声呐，很快他到达敌人潜水航天器的高度之上。他关闭了前向引擎，通过沥青般的海水，行驶向一个小的、陡峭的海底山脉上一处明显的东太平洋海隆。巴德掌控着凿岩机，在一个海底悬崖下面支撑起它的船尾。

“现在踩在他们头上正好。”巴德带着坚定的笑容，将潜艇的斥力装置强力射线直直地打在克兰乔维亚的潜艇上。整个效果就像是一只巨大的手突然向潜艇推了下来，它像铅一样沉到了底部。

“现在蠕动吧，你们这群小人！”巴德通过声呐手机喊道。

敌人的舰艇试图向前逃逸，但巴德快速反击。斥力装置强力射线迅速地转向潜艇的“鼻子”，迫使它降得更低。当敌方机长试图后退时，强力射线弹在潜艇的尾部，推着船尾下沉。

“干得好，伙计！”汤姆欢欣地喊道。巴德的战略行动正是汤姆所希望的。

巴德利用土地掘进机上的强力水下无线电迅速和F岛上的汉克·斯特林取得联系。“开着‘海洋猎犬’下来助我一臂之力，汉克！”他说，“我牵制着克兰乔维亚，你去救汤姆。”

“没问题。”汉克保证道。

在男孩们等待援兵的过程中，法罗弗机长使尽浑身解数想要逃脱。汤姆能听见潜艇里面发出各种狂暴动作的声音。

“海洋猎犬”终于到了，它的旋翼搅乱了海水，汤姆能够看见它的探光灯发出的微弱光线穿透了黑色的海水。钢爪突然打开，松开了他的胖人装备！

“我们投降！”法罗弗的声音尖锐刺耳，“你们必须救我们！船舱中间起火了，而且火势已经控制不住了！”

“你再编一个吧！”巴德揶揄道。同时，汤姆开始把敌人潜艇上的深海水箱向上分离到土地掘进机上。

“是真的！”克雷插进来，“我们堵住副锅炉的安全阀门试图增大喷水涡轮的压强以挣脱掣肘，结果蒸汽管道破裂，一些电线也都短路了！”

“真倒霉，哥们儿。”巴德回嘴道，“你们最好关掉反应堆，封闭好船舱，静观其变，等待Z国海军到来。”

“我们等不及了！”法罗弗插话道，“如果火烧到我们的导弹上，弹头就会爆炸！”

“导弹？嗯，真有意思。”巴德回敬，“我猜它们如果对付不了我们斥力装置的强射线的话，你就会用它们来对付我。”

汤姆到达土地掘进机的时候，疯狂的对话还在继续。他一登上船，就脱掉装备，匆匆前往操控室。“我觉得他们是说真的，巴德！”他解释道，“我们必须救他们！”

“我们别又上当了！”巴德反驳道，“如果我们穿着胖人装备一个一个地救他们，我们自己也会有生命危险。”

汤姆再三权衡。“我们让他们抛弃潜艇出来。”他呼叫敌方潜艇问，“你们的涡轮还能用吗？”

“能用，在火势收不住之前，我们扯断了坏掉的蒸汽管道。”克雷回答。

“那就赶紧上来！”汤姆把潜艇从他们的斥力装置下放了出来。

敌人的潜艇缓缓向上，吹动它的压仓水槽直到它到达足够高的深度。凿岩机和“海洋猎犬”保持一个靠近但安全的距离跟着。与此同时，深海鱼类的水箱也在它自身斥力装置动力的推动下向上升起。

潜艇的“鼻子”快浮到波浪上方时，它的舱口突然崩开了。船员们纷纷跳入水里，竭力挣扎着弃船而逃。汤姆和巴德把救援绳扔给他们。当每个人都登船后，男孩们绑住了他们的手，剩下的船员被“海洋猎犬”救起。

“总共多少个，汉克？”汤姆用无线电问道。“我们有四个，他们说总共有十二个人登船。”

“那就对了。”汉克回答，“我们有八个，包括克雷和机长。”

“好的。我们清点人数，然后……”

汤姆的话被一阵巨大的隆隆声湮没。这股冲击看起来震撼了整个海洋和天空。敌对的潜艇爆炸了！炸毁的潜艇碎片四散抛在空中，卷起滚滚浓烟，远远跟在后面的海洋直升机和凿岩机也都受到波及。

“哇哦，克兰乔维亚复制的你的潜艇毁掉咯！”巴德满意地笑着。

在汤姆的指令下，“海洋猎犬”返回寻找深海鱼水箱。汉克很快就发现了它，没有受损，土地掘进机拖着它。然后他们返回了F岛。

而那些敌对船员都是由克兰乔维亚政府挑选出来的科技人员，被交给了Z国政府。他们会被控告使用武力从驻扎在岛上的A国人手里盗窃深海鱼类水箱。正如汤姆猜测的，法罗弗和克雷以为那个水箱里藏着太空舱。巴德认出了其中一个船员，叫作格林吉，他承认是他破坏水风筝来阻止汤姆进行水族馆项目的。

格林吉还坦白是他发射了报警闪光，并在芬伍德担当卧底，探听猎鱼者号的航行计划。法罗弗和他的船员们都参与过对它的劫持。

最后，“蓝天女王”载着凿岩机和“海洋猎犬”一起飞回A国。埃尔罗·克雷也一并带回去，交给调查局为其间谍活动接受审判。

马莫尔深海水族馆建立在马莫尔海洋实验室邻近的一处地方，在正式向公众开放的当日张灯结彩地举行了盛大的庆典。斯威夫特一家子，还有菲利斯和巴德深感自豪地看着塞拉斯·斯普林·索普授予汤姆奖状，并做了一个演讲，他大力褒扬这位年轻的发明家为A国人民观赏这些深海鱼类所做出的贡献。现场聚满了人，大家都想看看来自深海的奇妙物种。

“哦，汤姆！这比我想象的还要令人震惊！”当他们几个穿过水族馆的玻璃圆筒内部时，菲利斯叫道。在怪异的深蓝光照下，形形色色的海洋生物都被一览无余，许多鱼类自身也闪烁着光芒。

“我只希望这些面目可怖的生物别让我们做噩梦。”桑迪笑着补充说。

与此同时，在斯威夫特父子的太空朋友的指示下，海底的时空舱也乘着火箭舱被火速发往外太空，他们收到的消息还报告说太空军团已被制服。

汤姆急切地等待着太空朋友许诺的奖品。他乘着一个太空舱降落在费林岛附近的海洋上，一艘汽艇很快捞起太空舱将它带上岸，然后用卡车把奖品送到了汤姆的岛上实验室。

斯威夫特夫妇、巴德和女孩们都在旁边看着汤姆拆开太空舱，里面是一个灌满水的透明塑料袋子，袋子里装着一只他们从没见过的最为奇怪的海洋生物！

这条奇怪的鱼有鳞状的装甲似的皮肤、翼状的鳍和麝鼠一样的尾巴，一只凸出的眼睛长在它的头顶上，而贪婪的猪一样的口鼻让它看起来十分凶恶。但当转移到水槽的时候，它的表现和海豚一样亲切。

“它比任何东西都要珍贵，甚至比你那深海水族馆里奇形怪状的鱼类还要稀有！”桑迪宣布道。

“爸爸，想想这能说明什么！”汤姆欢欣地说着，“这是我们第一个来自外太空动物王国的生命物种！”年轻科学家无尽的能量很快转移到空中，那是一场令人兴奋的太空冒险——“神秘彗星”。

巴德笑着用一只胳膊搂住汤姆。“桑迪说得对，伙计。”他说，“没有任何水族馆能比得上这个，这可是一条来自天外的鱼！”